カム・ギャザー・ラウンド・ピープル

高山羽根子

集英社文庫

目次

カム・ギャザー・ラウンド・ピープル

come gather 'round people

カム・ギャザー・ラウンド・ピープル

come gather 'round people

ヘルメットは、世の中のほかのものに比べたらほんのすこし進化とか改良の速度が遅い気がする。今みんながかぶっているものは、その性能はともかく見た目は私が子どものころとあんまり変わっていない。いざというとき以外必要ない、ふだんからかぶっていなくたって不都合なんかないといったって、非常用だったらすくなくとも、小さく折ってポケットに入れられたり、手が届くくらい近くに置いておけるものであるべきなんじゃないだろうか。ひょっとしたら、かぶっているということが遠くからでもわかるように、わざとこんな大げさでものものしい雰囲気のままなんだろうか。たとえばオートバイに乗る人（聞くところによると私が生まれる前、お母さんとかおばあちゃんが若かったころはオートバイに乗るときにヘルメットは要らなかったとか）、大地震、工事現場、デモとかそういう暴動。私はそのどれも経験がないので、自分のヘルメットを持っていたことはもちろん、かぶった記憶もほとんどなかった。

おばあちゃんの顔は、冬空の下で何日も天日干ししてからしょうゆで煮しめたみたいにぶくぶくで、くちゃくちゃで、どんより黒くて、だからものすごくきれい……とはちょっと言いづらかった。なのに、いっぽうでどういうわけか背中はものすごくつるつるで、ふっくらしていて、白くてなめらかだった。たぶん、当時のお母さんの背中よりも、そうしてちゃんと見たことはないけど今の自分の背中よりもきれいだったんじゃないだろうか。

と考えてみて気がついた。そうか、今の私と、あの当時のお母さん、ほとんど同じ年齢なんだ。

あのときのおばあちゃんの背中に吹きでもののひとつもなくてすべすべだったのは、私や私のお母さんがこれからの人生で乗り越えなくちゃいけない女の人のめんどうくさいいろいろなイベントをひととおり済ませてホルモンのバランスとかいうものの問題をきちんとひとつずつ解決していった、おばあちゃん自身へのごほうびだったんじゃないだろうか。とにかく、うっかり見てしまうとそれから長いことそこから目が離せなくなるくらい、あのときのおばあちゃんの背中はきれいだった。

ただ残念なことに、たいていの場合人は顔を見て相手を認識するようにできている。

免許証でもパスポートでも、どれだけひと目でその人とわかるくらい特徴のあるところだとか自信がある美しいところが、顔ではなく体の別の場所だったとしたって、やっぱりどうしても顔の部分の写真が使われるのだ。私はふと、人間以外の、人間からはどう見てもみんな同じに見えるような小さい生きもの、たとえば虫なんかでも、やっぱりそれぞれ顔はちがうんだろうかと気になった。彼らはどうやって、どこを見てお互いを区別して、恋愛やケンカをしているんだろうか。

あっぱっぱ、という冗談みたいな呼び名の服があった。方言だったのか、昔に流行した商品名かなにかだったのか、よくわからない。それはワンピースというにはずいぶん乱暴なつくりの服で、病人とか、弥生時代の人とか、どっかのサバンナに住む人とかが身に着けているものに似た、首と腕を通すための穴を開けただけの布だった。おばあちゃんはその服をとても気に入っていて、私の思い出のほとんどのシーンで、おばあちゃんはあっぱっぱ姿だった。

おばあちゃんのお気に入りのあっぱっぱは、首を通すところが洗濯でくたびれてとても広く開いていて、いつも座って背中を丸めていたおばあちゃんは、背中の上三分の一くらいがつるっと見えてしまっていた。後頭部の下、白髪と黒髪がごちゃごちゃに生えているうなじのところからイボだとかシミがまだら模様になった肌が、肩口に向かって急なグラデーションで白いサテンみたいになめらかな質感の肌にかわっていた。おばあちゃんがあっぱっぱを着たうしろ姿は、なんだか危なっかしくて幼いころの私でさえとてもどきどきしてしまうものだった。

まったく関係ないけど、昔、ラッタッタ、とかいう冗談みたいな呼び名のオートバイもあったらしい。ヘルメットをかぶって乗っていたのかどうかは知らない。

扇風機は仏壇のある和室の窓際、そのあたりだけ板張りになっている部分の床に置かれていて、仏壇に対面して座るおばあちゃんと、うしろにいる小さいころの私の側面にむけて首を振りながら、順番にぬるい空気をぶつけつづけていた。私、おばあちゃん、私、おばあちゃん、私。おばあちゃんのほうに風が行くたびに、白と黒のまだらの毛がなびく。生え際の肌に頭皮からにじみ出た汗が首から白く光る背中に伝って流れ落ち、あっぱっぱの布地に染みこんで、周辺のちょっとの部分の生地だけ水分を含んで、ほんのうっすらと暗い色にした。

おばあちゃんの体の中で一番きれいなところは、まずまちがいなく背中だった。こういうことは私みたいな子どもがかんたんに口に出しちゃいけないと思っていたから家族にきいてみたことはないし、みんなはそのことに気がついていないかもしれないけれど、これは事実として揺るぎがなかった。

そうして、二番目にきれいなところは意見がわかれるところかもしれないけれど、声だったと思う。ただ、私が気に入っていたのはおばあちゃんがふつうにしゃべっているときの声じゃなかった。おばあちゃんがふつうにしゃべっているときの滑舌はそれほどよくなかったし、言いまちがえたり、つっかえて噛《か》んだりすることも多かった気がする。ただなぜか、おばあちゃんは仏壇の前でお経を読むときの声だけ、とても魅力的だった。ふだんの生活では聞かないような意味のわからないややこしい言葉だったからだろうか、なんだか年齢不詳の、知らない大人の女の人の声に聞こえた。

まず、Bの子音を持った濁った言葉から始まる。でだしはゆっくりと、SやKやMやNの子音を経ながら離陸するみたいに速度を上げていく。濁った音と澄んだ音、乾いた音がバランスよく織りこまれて後半、とうとつに雰囲気が変わる。一番呪文らしいそこは、「うん」と言って終わる。同じことを三回くらいくりかえすところもあった気がする。一度唾を飲むとかして呼吸を整える。言い終えてから腰を浮かせ、仏壇にあるお碗《わん》みたいな金属に手をのばしてちん、とひとつ音立てて、頭をさげながら座り直して合わせた手をもむ。汗はその間も、汚いうなじからきれいな背中に途切れることなくずっと流れつづけている。

仏壇にはおばあちゃんの旦那さん、つまり私のおじいちゃんの写真が飾られていた。

おじいちゃんはお父さんがまだ小さいころに死んでいて、写真も若かった。そのころすでにカラー写真がめずらしくない時代だったけど、遺影は写真館で撮られた白黒のものだったので、若いおじいちゃんの遺影は昔の映画俳優のポスターみたいだった。親戚の話によると、おじいちゃんは当時ほんとうに、けっこうな男前だったらしい。

私だって大人になった今なら、写真が白黒だからって古いものとは限らないってことくらいわかる。でも小さいころの私は、白黒写真はすごく古い時代のものだと考えていた。だから私はおじいちゃんのことを、戦争で死んだ男の人だと勘ちがいしていた。そうして思い返してみると、遺影の黒い背広は軍服みたいに見えなくもなかったし、若くして特攻隊に取られた青年というように思いこむことも、ぎりぎりできなくはないな、という感じのものだった。おじいちゃんはじっさいは病気で死んだらしい。ただ、戦後の生まれたときの栄養不足や不衛生な状態で体が弱っていたとか、無理やり戦争のせいにしようと思うことは可能だし、そんなことを言いはじめたら今私のお給料が高くなくて独身で、有給が取れないのも世界のどこかの戦争のせいと言えなくもない。

とにかくおばあちゃんは、私に光る背中を見せつけるみたいにして、大人の女の人の声でお経を読んでいた。思えば、ようは、おばあちゃんの背中と声はエロかった。

うしろに座って聞いていただけの、まだひらがなも読めなかった私がほんの短い期間でおばあちゃんの唱えていたものを丸覚えして諳《そら》んじはじめたとき、おばあちゃんは（ただの猿真似《さるまね》だということは当然わかっていただろうけれども）奇跡だとかなんとか言って大げさに喜んだ。そのとき、たぶん私は調子に乗ったんだろう。おばあちゃんが求めれば、親戚や近所のお友だちがいるときに何度でもお経をくりかえした。みんな喜んでくれていたので気分が良かったけれど、あるとき、おばあちゃんのいないのを見はからいながらお母さんがほんのすこしだけ真剣な感じで、

「お願いだから、あれはやめて」

と言ってきた。あのときのお母さんはとくべつ怖かったわけではないと思う。でも『お願い』という言葉にいつもと同じじゃないようすをなんとなく感じとった私は、それ以来、おばあちゃんのリクエストを受けつけなくなった。

どれだけ頼まれても口をかたく閉じたままの私を、おばあちゃんはどんなふうに思っていたのか、私になんと言って、どんながっかりした顔をして、どういうことをつぶやきながらあきらめたのかは、もう覚えていない。

当時おばあちゃんといっしょに住んでいた家には、季節関係なくよく小さい羽虫が湧いた。ただ、おばあちゃんは年相応に目が悪かったから、三角コーナーやトイレ、洗面台の排水口、ゴミ箱とかいった、家のあらゆるところにいる細かい虫が見えていなかっ

たんだろう。見えていないものを存在しているものとすることはどう考えても無理なのだから、空気中にあるホコリなんかと同じで、おばあちゃんはそこに生きているものなんていないとでもいうふうにして、生活していたんだと思う。ほんとうに小さな、血も吸わなければ羽の音もしないくらいの虫だったから、私みたいな子どもでもたいして大騒ぎすることはなかった。

ただ、お母さんはちょっとちがっていたみたいだった。小さい虫をいるものとカウントしない、なにもないのと同じだ、というその家のルールを、そうとう不愉快で嫌なことだと考えていたのはまちがいなかった。そりゃあ、小さくたって虫がいっぱいいても平気な生活というのは、一般的に考えたらあんまり文化的というか洗練されたものじゃないし、ふつうに気持ち悪くて不衛生だ。

だからお母さんはテーブルや壁にとまっていた小さい虫は、そこに視線を向けて狙うこともしないで、なんならちょっとよそを見るみたいにして、つぶしていた。たとえば会話なんかをしながら手のひらや指先を壁やテーブルに押しつけたり、ときにはふっと握り拳をつくるみたいにして腕を空中に突き出すような動きもしていた。私やお父さんは、お母さんのするその唐突なしぐさを、家じゅうの小さな、この家ではいないことになっている虫を空中で握りつぶすための動きだとわかっていたからなにも言わなかったけど、おばあちゃんにはそんな虫が見えていないのだから、お母さんがたまに拳を突き上げたり壁に指をぐりぐり押しつけているのを、なんとなく妙な動きをする変わったお嫁さんだとでも思っていたかもしれない。

お母さんとおばあちゃんとの間には、このほかにもいくつかのちょっとした価値観のずれみたいなものがあったみたいだった。家族の寝る時間のこととか、家に流す音楽とか、私がお菓子を食べる量、食べていい時間、カルピスを薄めるときの水の量。どれも死なないけど、ちょっとした不都合が生じるといった程度のことだった。たとえば私はそのとき、医者に大きな問題はないと言われるくらいではあったけど、けっこう虫歯があって、軽度の肥満児だった。

ただ、そもそもこの国で命をなくすほどの不都合なんて、そうしょっちゅう起こることじゃなかったけど。

そんなおばあちゃんがあるとき、よりによって、

「一生のうち一回くらい、雪虫というものを見てみたい」

と言いだしたことがあった。雪虫というのは飛んでいるところが雪みたいに見える小さくて白い羽虫だという。おばあちゃんは、おじいちゃんの話で雪虫と呼ばれる虫がいるのを知っていただけで、見たことはないみたいだった。とてもきれいなものだと聞か

されていたらしい。おじいちゃんがなぜ、おばあちゃんにそんなことを言ったのかはわからない。冬になればあたりまえに真っ白い粉雪が降るこの町で、雪に見える小さい虫なんていうものがそんなに見てきれいだと思えるほどのものなのか、うたがわしかった。なにより、雪のつぶくらいの小さい羽虫、と聞くだけで、もうこれからの人生でおばあちゃんの視界に入ることなんて絶対にないだろう。いや、もしかしたら、おばあちゃんが見たいと考えている間にも、おばあちゃんの目の前で雪虫は飛びつづけていたんじゃないだろうか。私は当時、おばあちゃんのその雪虫の話をなんとなく、うん、へえ、おもしろいね、と聞きながしていた。

お母さんが弟でお腹《なか》をぱんぱんに膨らませていたころ、私たちは新しい家に引っ越した。お父さんはいわゆる転勤族と呼ばれるような仕事をしていたわけではなかったし、じっさい仕事の異動はその一回きりだったから、そのときに家を買って、それ以降もうずっとその家が私たち家族の場所だった。

新しい家は新しい町にあって、私くらいの子どもがたくさんいた。近くには二年前にできたばかりの小学校があった。おばあちゃんと親族が住んでいた場所には新幹線か、飛行機を使わないと行けないぐらい離れていた。

引っ越してすぐのころ、私は新しい町ではちょっと目立つくらい太っていたけれど、水泳教室と子どもテニススクールと公文式《くもん》に通って、私はなんとか標準的な体重と身長の、標準的な学習能力を持つ子どもになった。新しい町に私が風景として充分なじんだという自信が持てたのは、小学校四年生の、たぶん六月ぐらい。

そのころ私たちが住んでいた新しい町でちょっとした自然災害が起きた。町の住宅地のほとんどは新しく建ったマンションや戸建てだったから壊れたりするようなことはなかったけれど、昔からある、川ぞいの低いところの公団がいくつか壊れてしまった。その人たちは、別の無事だった公団に空きがあればそこに移って、なければ遠くの、たとえば親戚の家に引っ越していった。たしかこの時期に転校した子も何人かいた。

当時は町のあちこちに、高速を通すためとか電車の線路を新しく敷くための土地が細長く空き地になっていて、ひとまずそこに災害で壊れた建物や道を直すためのトラックが何台も停《と》まっていた。車両のナンバーを見ると、全国から集められてきていたのがわかった。私はそのときに初めて、車のナンバープレートの数字とひらがなのほかに書かれているのが地名で、それを見れば車がだいたいどこから来たかわかるようになっていることを知った。ついでに、小学生の自分が勉強した以上に、日本にはいろんな地名があるということ、そうしてときに地名はすごく変な読み方をする場合があるということも知った。

ボランティアと呼ばれる人たちがいた記憶がないのは、あまり大きな災害じゃなかったからかもしれない。ただそのころは災害ボランティアという言葉、というかその存在自体があんまり一般的じゃなかった。みんな、きちんとお金をもらう仕事で、壊れた建物や道路を片づけたり直したりしていたように思う。

当時は全国どこにも道路とか線路とか建物を造る人たちがいて、このときはたくさんのそういう人たちがこの町に集められていたんだろう。あのときは、広い道路ぞいにあるラーメン屋さんやコンビニの前なんかで、いろんな種類の作業服を着た大きな男の人たちが、いろんな地方の方言で話していた。私とちがってその人たちは、この町の風景にまったくなじもうとしていなかった。

だからあの日、夕方の通学路近くにある工事現場にいたおっさんも、そういうどこか遠いところから働きに来ていたんだろうと思っていた。今となって思えばよそから来たのかもしれないし、そうじゃなくてただ単に、育ったところのなまりが残っていただけかもしれない。ていうかそもそもおっさんといったって、当時の父親や母親、さらにいうとひょっとしたら今の私よりも年下だったかもしれない。

おっさんは、工事現場のついたての陰に私をひっぱりこんだ。急だったから、あ、とか、う、とかいう声も出なかったと思う。びっくりしたわけでも怖かったわけでもない。びっくりするような時間もなかった、という言葉がつまらない言いかただけど一番ぴったりくる。通りからぜんぜん見えない場所だった。私を、ついたてを背にして立たせて、Tシャツを首のところまであげろと言いながら、結局ぼーっとつっ立ってるだけの私のTシャツをおっさんは勝手にあげた。Tシャツに隠れていた私のお腹は、水泳教室に通っていたほかの女の子たちよりまだもうちょっと丸かった。

ここで怖がったり声をあげたり、泣いたり暴れたりしたらもっとたいへんなことになるんじゃないだろうか。私は、いちおう冷静っぽくそう考えて、ぼーっとつっ立っていることにした。言うことも聞かないで、そのかわり逆らうこともしないでいよう、と決めた。

おっさんの顔は、私の丸くておへそだけちょっとへこんでいるお腹にはりついた。そうだ、思い出した。ヘルメットもかぶっていた。おへそのへこんでいる部分に、おっさんの鼻のでっぱったところがちょうどぴったりはまって、おっさんの顔型が私のお腹に内蔵されているんじゃないかというぐらい、私のお腹はおっさんの顔を迎えいれた。正確には、私のお腹のやわらかさが、おっさんの顔とヘルメットの乱暴なでこぼこを受け止めた、という感じだった。

おっさんはしばらく私のお腹、おへそのくぼんだところに顔の中心、ようするに鼻のでっぱりを埋《うず》めたまま顔を私のお腹に密着させて何度も深呼吸をしていた。気持ち悪いと思っていたかどうかは覚えていない。たぶん、そのときまだ私はお腹がやわらかくて、それが前に太っていたときのなごりだったのを恥ずかしく思った覚えは、なんとなくあった。私はもちろん、自分のおへそのにおいなんてかいだことがなかった。

おっさんはそうやってしばらく私のお腹のにおいをかいで、たぶんなめたりもしていた。おっさんは手も鼻もベロも、あとヘルメットも冷たくて、口と鼻からの息だけがびっくりするほどあつかった。夕方だったし真夏じゃなかったから、お腹が出ていただけでも、けっこう寒かったんだと思う。私があんまりにもなにも言わなかったからか、何度か、

「くすぐったくないの」

「怖くないの」

っていうような意味のことを、たぶんいちおうは標準語話者でもわかるように、ただあきらかに変な抑揚とか語尾とかできいてきた。私はなにも答えなかった。触ったりなめたりされるよりも、その問いかけのほうが怖かった。注意深くしていないと、うっかりうなずいたり、返事をしてしまいそうだった。返事をしたら負けというのはそのとき私

が勝手に作ったルールだけど、絶対そうしたらいけないと信じて、口を閉じていた。しばらくそうやって、おっさんはそのあと服を戻すように言った。私はそれも無視したので、おっさんは私のTシャツのはじっこをつかみひき下げて、ひっぱりこんだときと同じように腕をつかんで、ついたての外の歩道に突き飛ばした。

家に帰ってからも、これは家族や先生に言ったらとんでもないことになるんじゃないか、言いつけたのを知られたらもっとひどい目にあったり、ひょっとしたら壊れた建物の修理も道路の工事も全部中止になったりしてしまうんじゃないか、と考えてしまい家族には言えないでいた。お風呂に入っているときにおへそをなめてみようとがんばったけど、できなかった。やわらかくてまだ丸いお腹には、みぞおちのあたりに黄色いヘルメットの、ちょうどつばのでっぱったところの跡が赤くついていた。そのとき私は、やっぱりもうちょっとお腹を硬くしなくちゃいけないな、と思った。硬いお腹である必要が、たぶん私にはあった。

私が子どもなりにがんばって内緒にしていたのにもかかわらず、それから半月もしないうちになぜか『お腹なめおやじ』のことは全校どころか学区全体にまで広まってしまっていた。なんのことはない、おっさんはその後もチャンスがあればいろんな女子のお腹を触ったりつついたりなめたりしていたらしい。ちなみにその道を通学路にしている子のうち、お腹をなめられた被害にあった子とそうでない子にはあきらかに見た目のちがいがあったらしい。つまり、比較的かわいい子ばっかりがお腹をなめられていた。私は黙っていたために『なめられていないほうの女子』に分類されてしまっていたけれど、そんなふうに大ごとになってしまってから後になって、やっぱり私もなめられていました、と言うのもなんだかおかしいので、結局ずっと黙っていた。

「気にしなくていいよシバちゃん、お腹、なめられなかった子の中ではかわいいほうだからね」

とこっそり慰めてくれる『なめられたほうの女子』もいた。

それから数年たったころに、おばあちゃんが死んだ。私は受験をして入ったばかりの中学校の制服で葬式に出た。弟はまだ小学生で、去年親戚の結婚式のために作ったズボンがもう入らなくなっていた。どうしよう、買ってもどうせ卒業式にはまた入らなくなる、と大さわぎしたあげくお母さんは結局シャツと靴だけ買った。ズボンのほうは弟より若干大柄のゆうくんのところから借りたんじゃなかっただろうか。

おばあちゃんは、仏壇の前にいた。置かれているものは私がいた当時とペン立てにささった耳かき一本たりとも変わらない部屋に置かれたお棺に、白くてつやのある着物を着て寝かされている。私は、くたくたのあっぱっぱ姿でないおばあちゃんを初めて見たような気がした。おばあちゃんの顔は、まわりに敷きつめられた白い花や着物とのコントラストでいっそうしょうゆで煮しめたみたいにぶくぶくでくちゃくちゃに見えた。お母さんは、おばあちゃんの家に着くなり荷物を置いて、薬缶《やかん》はどこだ、湯呑《ゆの》みの数は足りるか、町会会館から借りるのだと準備を始めた。

「あんたたちお線香あげて、おばあちゃん見といて」

と言われて、私はおばあちゃんのお棺の横に弟と並んで座る。

見ていると急に、おばあちゃんの背中はまだきれいなままなのか猛烈に確かめたくなった。ひょっとしてあのときよりもっと年をとって、あるいは死んでしまって急に、背中はもう顔と同じしょうゆ色のくちゃくちゃになっているかもしれない。今のおばあちゃんの背中がいったいどんなふうになっているのか確認したい。できることならあの光るきれいな背中を最後に見たい。

そう考えはじめたとたん、自分のその欲が恥ずかしいもの、たとえば、ぜんぜん知らない他人の裸を見たいということよりもずっといけないことを考えているような気分になったけど、もうすぐでおばあちゃんは燃やされてしまうんだ、燃やされてしまったらあの背中は永遠に見られないんだ、そう考えたら我慢ができなくなった。

私は、開いた襖《ふすま》の向こう側にほかの大人がいないかどうか確認してから、弟に小声で頼んだ。

「ねえ、ちょっと、こっちの端っこ押さえててくれない」

「なに」

「この箱の横の、敷いてある布と境目のとこ」

私は弟にそのままにしているように言って、おばあちゃんの反対側に回った。

「なに、なにすんの、ちょっと」

弟はお棺の端の布をつかんだまままたずねる。私は小声で言う。

「おばあちゃんひっくり返すの」

「ちょっと、うそ、いやだよ、なんで、ばちあたるよ」

弟は、私が押さえていろと言った場所を律義に片手で押さえつづけながら、もういっぽうの手をお棺の上を越えてのばし、おばあちゃんを抱えようとしている私の肩をつかみ突っ張って制した。私は弟の腕にあらがって、

「いや、ちょっと背中が見たいだけなんだって。ちょっと見るだけ。みんながいないうちに、ばれないうちにすぐ戻すから」

と、お棺のおばあちゃんを挟んで弟と突っ張りあう。お棺をがたがたいわせながら小

声で頼みつづけてみたものの、弟はものすごい勢いできっぱりと拒否をして、まったく譲る気配がなかった。私は息を上げながらしばらくがんばったけれど、弟はいつの間にかそこそこ大きく育ち力も強くなっていて、そのうえ、それなりに善悪というか倫理観じみた考えまでも身につけていたみたいだった。息を荒らげた私は言う。

「ずいぶんと成長したな、おまえ」

「なに言ってんだよ。知らないよ」

これ以上がたがたするとみんなにばれるか、もしくは弟が声を出して誰かを呼んでしまうような気がしたので、私はついにこの交渉をあきらめた。まだ肩で息をしながら私は弟の横に戻って座る。弟の息も上がっていて、そのうえ肥満気味のゆうくんから借りたズボンは、今のやりとりで弟の腰骨の下あたりまでずり下がっていた。

「おばあちゃんの中で一番きれいな部分だったんだよ、背中」

「ふうん」

「しかも、エロかった」

「はあ」

「エロいと言われるとがぜん見たくなるだろう、成長著しい弟よ」

「いや、だって、おばあちゃんだし、……死んでるし」

「最後なんだから、おばあちゃんだってみんなに一番きれいなところを見てもらいたいんじゃないかって思ったのに」

「自分の背中のことなんて知らなかったんじゃないの。鏡で見ることもなさそうだし。俺だって、自分の背中なんてちゃんと見たことないし」

「いや、あれは気づいてたね。自分の背中の魅力に」

「知らないよ。そんなこと言ったって、うつぶせでお棺に入れて、背中のまわりに花を飾ってお別れってわけにはいかないじゃんか。誰かわからないし、お別れも言いにくいし」

「まあ、そうなんだけど」

仏壇には、もうすでにおばあちゃんの写真が飾られていた。昔の俳優風に写った若いおじいちゃんの横、最近の画質がいい写真だからなおさら汚く見えるおばあちゃんが笑っている。夫婦なのに親子より離れて見えるのは、片方ががんばって大往生したから良いことなんだよ、と、よく知らん親戚の人がよくわからんことをもっともらしく言う。

結局、あの光るみたいなきれいな背中を確認することができないまま、おばあちゃんはお骨になった。私の通っていた中学校はミッションスクールだったので、胸にキリスト教のモチーフのエンブレムがでかでかとついたブレザーを着て、お坊さんのお経を聞いていた。私はあんなに一字一句覚えていたお経を、びっくりするくらい、ちょっとのフレーズさえも、きれいさっぱり忘れてしまっていた。

天にまします我らの父よ、願わくはみ名を崇《あが》めさせ給《たま》え。み国を来たらせ給え。……アーメン。

当時通っていた中学校のグラウンド裏手には、どこかの大学の学生寮があった。キャンパス自体はここととは離れた別の場所にあって、寮と近いわけではなかった。ただずっと昔、寮は大学の校舎として使われていたらしい。とにかくとんでもなくぼろい建物で、ちょっとした地震や台風のたんびにちょっとずつ建物が斜めになってきているという噂《うわさ》があった。というか噂どころではなく、見ていても日に日に建物は傾いて――具体的には、ちょっとずつ自重で地中に沈んで――いた。土と建物の境目はなく、建物の木材のすきまに土が詰まって土の成分が徐々に建物に入りこんでいて、かえってそのせいで建物の形が辛うじて保たれているような、そういう場所だった。当然ながら近々取り壊して、新しい建物にする予定になっていた。

そのことのなにが良くて、なにが悪かったのか、この木と土の塊が誰のための建物で、誰が得をする建て直しなのか、私はもちろん、中学校に通っていたほとんどの生徒もまったくわかっていなかった。ただとにかくこの建物がこのまま存在していてもいいのか、なくすほうが正しいのかということについて、住人の学生や大学側、その周囲がずっと、すくなくとも私が中学校にいたころの三年間は絶えずもめていた。

最初聞いたときに私は、ぼろい建物にぼろいまま住みたい人なんて世の中に存在しないと考えていたから、住んでいる人たちのほうが新しい建物にしたいと言っているんだろうと思いこんでいた。建物が古くなるなんてしかたがないことだし、その建物の持ち主が大学なら、古くなった建物を壊すかどうかを決めるのは学生じゃないだろう、とも。建物が古くなったら壊して新しく建て替えるのがあたりまえで、学生も新しいところに入れるのならそのほうがいいと思っているにきまっている。

ほとんど土の山となっていた建物には、たぶん住んでいる学生が作った看板とか垂れ幕が、へぼいクリスマスツリーみたいに飾りたてられていた。どれも字がうまくないし、漢字が難しいし、なにを言いたいのかよくわからなかった。建物を直せと言ってみたり、直すなと言ってみたり。まるで支離滅裂な言葉をぶつぶつ言いながら変なかっこうをしている怖い人、みたいな感じで、その建物はあった。

そのとき私は初めて、人というものは自分の言いたいことや考えていることを板とか布に書いて、関係ないたくさんの人に見せるということを知った。それに賛同するとか、迷惑だと思うとかは別として、そういう『やりかた』があるということさえも、それ以前の私は知らなかった。

建物は崩れかけではあったけれども、つくりはまんま昔の校舎だった。コの字ともロの字ともH型とも似ているけれど、より正確には、上から見たら視力検査に使われるランドルト環の『下』を示す記号をモダンに角ばらせたみたいな形をしていた。中庭は広々としてゆとりがあった。その建物の住人である学生は、暑いときに男女とも水着を着て水浴びをしていたり、その合間にせっけんを使って頭や体をあらったり、椅子を出してお互いに散髪をしあったり、たぶん修理なんだろう、窓枠を外して段ボールやベニヤ、トタンを張りつけるとか、壁に釘《くぎ》でビニールシートを打ちつけるとか、ようするにサバイバルのまねごとというか、いんちきくさい災害被害ごっこっぽいことをやっていた。

私はそれを見ながら、もうちょっと小さいころのことを思い出していた。小規模だけどほんとうの災害で家を吹き飛ばされてしまった人のこと。転校していった何人かの子どもたち。生きるために住む場所を変えるという当然の、理不尽で、しかたがないこと。住居が新しければそんな目にもあわなかっただろう家族。そんなことを考えたら、なんとなく、寮に住む大学生の楽しそうなふるまいが気に入らないとも思ってしまった。ただ、今となってみれば、ちょっとうらやましい気もするけれども。

中学校のときは吹奏楽部に入っていて、部活に使っていた音楽室は五階だった。寮は二階建てだったから、音楽室の窓から見下ろすと中庭が奥のほうまでよく見えた。中庭には一匹の犬がいて、何本かを結んだ、とても長くした紐《ひも》でつながれていた。

私が通っていた中学校には、新入生として入ると必ず、あの敷地には絶対に入らないこと、と担任から注意があった。これはこの中学校にだけある特別の約束、ローカル校則みたいな感じだった。たいていの先生がこの校則については乱暴で、とくに理由なんかなく見つけたら停学、内申もばっさりいく、と脅してきた。ただ私のクラスの担任の先生はきまじめで誠実な性格だったから、あの場所に入ってはいけない理由なるものを説明してくれた。いわく、あそこの寮に限らず、日本のいろんな場所にある一定の設備には独自の自治というものがあるのだ、と。怪我《けが》、ものの紛失、破損、私たちがそこに入りこんで、なにか問題があるとそれなりに面倒なことになるのだそうだ。冷静に考えれば他人の住むところに入ったら単純に不法侵入なんだし、自治と言ったって殺人や暴行、窃盗があれば警察が入ってくる必要があるんだから、ふつうに不自然な理由だとわかる。でもそのとき、どういうわけだか私たち中学生はその先生の理由で納得をした。

というか、まったく理由さえ言ってくれない先生もいる中で、ひとまずあんな変なところに住んでいる、自給自足のまねっこをしながらふざけた生活を送っているように見える大学生たちの生き方も尊重しているふうなその言いかたに誠意を感じ取ったのかもしれない。とりあえず私たちは、表向きはあの敷地に近づかないという約束を守っていた。ただ、話はどういうところから漏れるものなのか、中学校のそのローカル校則を知った寮の大学生たちがなぜかそのことに反発をした。彼らの言いぶんは、自分たちと町の人たちや興味を持った生徒との交流は開かれているべきで、臭いものにふたをするな、ってことだったらしい。

担任の理由も妙だったけど、寮の人の言うこともいまひとつ賛同しづらい、というか、つまり私は彼らの言っていることの意味がさっぱりわからなかった。ひょっとしたらあの人たちはただもめることが好きなだけだったのかもしれない。ただ学校があんな感じに言いつづけていたもんだから、中学校の生徒たちがあからさまに寮の学生たちの挨拶《あいさつ》を無視したり、目を逸《そ》らして、いないものみたいにしてしまっていたところもあったので、中学校の生徒と大学の寮の学生、両方の関係がうまくいっていたとは言いがたかった。

寮からはたまに、ギターの音が聞こえていた。ほとんどの場合音楽ではなくてただの音だった。でも日によってほんの一部分が音楽に聞こえることもあって、その部分が日を追うごとにほんのちょっとずつではあったけれども増えていた。だから、いちおうそれはギターの練習といっていいらしいもので、音は音楽を目指していて、それに近づきつつあったんだろう。

その日も音は聞こえていた。中庭に、つながれていた長い紐がからまって、犬が首を地面に寄せたまま困っているのが見えた。くりかえし立ち上がって歩こうとして、短くダンゴになった紐がよけいにからまってしまっていた。困ってはいたけれど、吠《ほ》えてはいなかった。困っているようすとギターの音が似合っていて、そういう短い映画のシーンに見えた。

私は部活動がパート練習になったときに音楽室を抜け出して、グラウンドのわきから寮の敷地に、誰かに見られないように注意しながら入った。

水はけの悪い土はどろどろにぬかるんでいる。靴が泥で汚くならないように注意ぶかくぬかるみの表面を歩くと、青いホースがのたくりながら半分地面に埋もれるようにしてあった。こんなに排水のうまくいかない場所で学生がふだん水浴びをしていることにびっくりした。ただ、もしここが湿っていなかったら、乾いて土ぼこりがすごそうだとも思う。

困った犬は、泥でからまった紐のダンゴのそばで、頭を下げて座っていた。私が近づいてくることにかるく警戒していたけど、私が最初に足先で、つぎにしゃがんで紐のかたまりをいじっているのを注意ぶかく見ていた。泥で取りまわしがうまくいっていないのに、さらに犬がよけいなところをくぐったり、ややこしく動いてしまっていたんだろう。私の能力だけではどうにもほどけないところは、犬に手伝いをあおいだ。たとえば広げた紐の輪の中を、犬にくぐってもらうというような。犬先生、こちらでございます。とやっているうちに、結局手も靴もどろどろになったけど、紐のかたまりはだいぶほどけた。完全に解決ではないけれど、紐はひとまず犬が途方にくれることがない程度の長さになった。ただ犬は、たぶんもともとちょっと困った顔なんだろう、困った顔のまま鳥の形の屋根の下に潜りこんで落ち着いた。なんでこんなところに置いてあるのか、どこから拾ってきたのか、犬小屋として使われているのはスワンボートの上半分だった。

中庭の一角にはゴミだか盛り土だかわからない塊がいくつかあって、そこにはブルーシートがかぶせられていた。壁に立てかけられたベニヤ板の看板には、日本語だからちょっとは意味がわかるといった程度の不穏な漢字が殴り書きされていた。こんな誰も通らない場所で看板が出ていたところで誰が読むんだろうと考えながら近づいて眺めると、看板は寮の壁に立てかけてあるだけじゃなく釘で打ち付けられていた。だから、これはここを通る人になにかを伝えるための看板ではなくて、かつてどこかでなにかを伝えるために立てられた看板をこの建物の壁の補強材として再利用しているのだと気がついた。中庭の奥の一角に、たぶん長ネギなんじゃないかという細長い野菜が植えられていた。放置されているいくつかはまん丸い、花？　実？　みたいなものが先端にできていた。ほとんどのものが半分から先はしおれて折れていたので、もう収穫して食べることはできそうになかった。

犬を助けている間も、音楽になるちょっと手前みたいなものはずっと聞こえていた。やっぱりなかなか音楽にならない。音楽になりたいのになれない、同じところでつっかえてはその数拍手前からリピートしていた音がふとやんですぐ、

「誰」

という声がした。鋭くて、男の人のものだった。ものすごくびっくりしていたからそれがどこから聞こえたものかわからなくて、まわりをすばやく、右、左、と何度も見回してしまった。私のようすが見えていたんだろう、声の主は息をこぼすみたいに笑った。声はさっきからずっと聞こえていた音と同じところから聞こえてきた。

中庭から直接入れるその部屋は、もともと学校の教室だったことがわかる空間だった。落書きや貼り紙だらけの黒板は、もう使われている感じがない。広く開いた窓の下に、

ビールケースとベニヤ板で作った縁台みたいなものがあって、そこから中庭と部屋の出入りをしているみたいだった。部屋履きのスリッパなのか外履きのサンダルなのかわからない履きものが脱ぎ散らかされていた。そもそも外履きでも部屋履きでもかまわないくらいの屋内に見えた。私はちょっと迷ったけど結局靴を履いたまま中に入った。アコースティックギターを持った、男の人と男の子の中間みたいな中途半端な男が座っていた。ランニングシャツにジーンズを穿《は》いて、ちゃんと生えてこないしょぼいひげを生やしていた。煙草《タバコ》を咥《くわ》えているけれども、映画とかで見る田舎の子どもみたいな顔。さっきまでずっと聞こえていた、音楽になるちょっと手前の音をそのまま人間の姿にしたらこんなふうだろうという男だった。

「なんの用」

ときかれたので、

「犬が困ってたから」

と答えた。男は煙草を、横にあった空き缶の口に一度押し当ててから中にぽいと入れた。缶は吸い殻でいっぱいだった。顔を横にしてよそに煙を吐き出すと、あらためてギターを構え直すみたいな仕草を見せてから、数回、その表面を手ではたき、リズムをとるみたいにしてから弾きはじめた。

やっぱり。

「『時代は変る』」

私が言うと、男のギターの手が止まった。

「知ってんだ」

男の言葉に私が黙っていると、

「やっぱり都内の中学生はませてんだな。ディランとか知ってるんだもん」

と、つづきを弾いた。

教室の窓ぎわにいたときから何度聞いても、知っている気がしたのにタイトルが浮かぶまでずいぶんかかった。ほんとうにへたくそだった。こんなにへたくそにギターが弾ける人は、ほかになかなかいないんじゃないかってびっくりするくらいだった。

人身事故という言葉の具体的な内容を実感したのは、たぶん高校生のころだった。それまではなんとなく、どっか近くで故障めいたなにかが起きて（まあ、まちがってはいないけど）自分の乗っている電車が事故を起こしたのかどうかは別として、とにかく停まった、くらいの認識だった。

あのときは学校の授業が終わって予備校に行く途中だった。車内はともかく、駅のホームにいるときには手袋がないとうまく手が動かせなくなるくらい寒かった。でも、手袋をしていると単語帳をめくったり、その単語にひかれたマーカーへ赤い下敷きを当てたりしづらかったから、たびたび指先に息を吹きかけながら単語を覚え、待っていた電車に乗って数駅通りすぎたころだった。降りる駅が終点で、ホームの先端に改札があったので降りてからスムーズに行けるように先頭車両に乗っていた。

車両に乗っている人たちが大きめの声をあげるくらいの急ブレーキがかかった。さらに、窓に向かって立っていた女の人が、

「やだあ」

と、ちょっとした悲鳴みたいな声をもらした。斜め向かいの座席に座っていた私はうしろの窓を見た。

日本の電車には落書きがほとんどないけれど、窓のアルミ枠になっている部分だけは、なぜか細かい傷でなにか落書きめいたものが書かれていることが多かった。軟らかいからか、もしくはそこだけいたずらが許されているというなにかの約束でもあったんだろうか。そこには、意味のわかる文字であっても辛うじて日付やイニシャル、それ以外のほとんどの場合は、意味のない線とか、矢印や円に見えなくもない、といった程度の傷の連続が、ないものとすることも可能な程度にささやかに、でもよく見るとびっしりと、

何重にもすきまなくあった。

窓から電車の外を見ると、線路の側から空中に、煙なのか、白い雪なのか、塵《ちり》なのかわからないなにかが、ぶわっと窓の前まで漂ってきていた。女の人はこれを見て声をあげたんだろう。このとき私も、ああ、人身事故ってこういうことか、となんとなくわかった。あんなに大人のひとたち、しかも知らないものどうしが乗りあわせている電車で、あそこまで重苦しい空気になったことは、あんまりほかに覚えがなかった。重い雰囲気はずっとつづいて、電車は夜おそくまでずっと停まったままだった。たしか、車両の中で体調が悪くなった人も数人いた。

*

勤めはじめた数年前と比べても、ここのところ通勤時は十年に一度とかそんなふうにニュースで表現されるくらい大雨が降る日が増えた。だからか、私もこの街に住むほかのたくさんの人たちと同じように、いつもより早めに家を出るくせがしみついていた。ネットの予報を見て天気が荒れそうな日は、電車がかなり遅れるだろうと想像する。みんなそういう暮らしにすっかり慣れている。対応する生活、それ用の人生は、私にとってそこまで苦痛じゃない。たまたま私にとってはだけど。

とはいえ今日みたいに、二十時でその日の都内の電車運行が一斉に終わってしまうなんて、すくなくとも私が電車通勤をするようになってからは初めてのことだ。

数人が大きな声で駅員に文句を言っている。ほかの何人かは無言で、文句を言っている人を非難がましくちらちら見ている。怒ったってなんにもならないのに、という静かな反感。でも、私も含めたほかの多くの人は疲れてしまって、そんなふうに見ることすらできない。あらゆる種類の怒っている人を見えていないみたいにして、自分が帰宅するための最良の行動を手さぐりしている。混雑しているせいかいつもよりスマホのネット回線もつながりにくくてバッテリーの減りも速い。だから、ほかの私鉄を使う帰宅ルートだとか地図のデータもうまく確認ができない。

せいぜい都内のことではあるし、自宅の最寄駅までは行けなくても、うまく乗り継ぐことができれば徒歩か悪くともタクシーで帰れるくらいの場所まで行くことができるだろう。そんな私の考えも結局は甘かった。家に近づきながら乗り換えをつづけてたどり着くことができた限界は、混雑で疲れた私が歩いて帰るにはけっこうきついくらい自宅から離れた駅で、私はたくさんの人たちといっしょに、いつもならもっと先まで進むはずの電車をむりやり降ろされる。空っぽになった車両は電気を消して、今来た方向に折り返して行ってしまう。こんなに多くの人間を受け入れることに慣れていない駅の小さいロータリーには、この駅に慣れていないたくさんの降車客があふれている。やっぱりここでも数人は大きな声でわめいて、よけいにまわりの人をくたびれさせている。数人は、会社からそう指示が出ているからか、スーツにヘルメットをかぶっている。

しばらくの間はタクシーがどれだけフル回転で動いても、この人数をさばくにはかなりの時間がかかるんじゃないだろうか。喫茶店もこれから本格化するだろう嵐のおかげで、個人経営のものはたいていシャッターが閉まっていて、開いているチェーン店のカフェはどこも私と同じように考える人たちであふれている。朝から強かった風は時間がたつにつれてどんどんひどくなり、あげく雨も強くなってくる。みんな、黙ったまま不安を心で育てている。これだけそこそこの災害に慣れたと思いこんでいる私たちは、それでも、こんなにも些細《ささい》な想定外にさえ対策ができないでいる。

せめて屋根だけでもと思ったので、駅を出てすぐのアーケードがついた路地に入る。アーケードといってもビルとビルの間にタープが渡してあるようなかんたんなものだ。道幅がとても狭いせいで、店舗やビルの敷地にも思える。当然、人が通る気配はない。こんなところにあるお店なんて、看板が広い道に出ているとか、大きな矢印でもなければ存在しているのかどうかもわからない。もちろんそんなものはないので、目の前にあるこのお店も外から見る限りでは古い喫茶店やスナックがつぶれてしまったあとの空家に見える。細い通りよりさらに一段奥に入ったところに入口があって、店の名前はもちろん、営業中の札さえ出ていない。ドアの上部にせり出した小さいひさしの上に、かつては店名がついていたことがわかるうっすらとした跡が残っているけれど、それは意図的に消されたものなのか、また、時間がたって消えてしまったものなのかはわからない。壁に小さくて丸い、黒ずんだ通気孔があるだけで窓は見あたらない。アンティーク風の飾りが入っている扉には、

『充電器貸します　温かいお茶もサービス　どうぞ』

と、マジックで書かれたルーズリーフの切れはしが貼ってある。どうぞ、という言葉が書かれているのにまったくどうぞという感じがしなくて、ひと昔前の人たちが考える高級感を演出したニセモノっぽいたたずまいと、罫線《けいせん》入りの貼り紙がちぐはぐだったから、いっそう誰が見ても入りやすいお店には思えない。

ただ私は疲れて途方にくれていたから、しばらくの間ためらったけど心を決めて、ちょっと立てつけの悪い扉を開ける。一度、ゆっくり数センチまで。中に灯《あか》りがついていて人がいるとわかったら、とりあえず私の頭が入るまで。

中はうす暗い。黒とワイン色の店内は、カウンターとちょっとしたソファ、テーブル

がふたつ、それと足置きみたいな丸くて座面の低い椅子がある。店内をひと目見て、ここがスナックとかバーとか呼ばれる場所だとわかる。私はじっさいにそういう店に入ったことはないけれど、たぶんどんな町にも一軒ぐらいはあるらしい、約束ごとでくみあげられた店内。さすがにちがうだろうけど、昭和の時代にできたと言われたって信じられる。

ただこの店内には、そういう約束ごとの中に私でもわかるほどのちょっとした違和感がいくつか混ざっている。カウンターの中の壁面には棚があって、ふつうなら洋酒のビンが並んでいるだろうその棚に、私にはほとんどが名前もわからないアメリカのマンガとか映画のキャラクターのフィギュアがいくつも並んでいる。ポーズをつけられているものだとか、売られているときに入っていた透明なケースに入ったままのものもある。店の雰囲気に合わないものはほかにもいくつかあった。たとえばカウンターの入口から遠い端に置かれたアイスグリーン色をしたエスプレッソメーカー。となりに置かれたウォーターサーバーは、上のタンクを付け替えて冷水と熱湯が出せるタイプ。カウンターの入口側の端、飲食店なら小さいレジスターなんかがあるところに置かれているマックブック。ついでに言うと、流れている音楽もそういうところで聴くと変な感じがする。ザ・フレーミング・リップスだった。懐かしい、と思う。そうやってまちがいさがしみたいに店を見回していく。

　最後に、Tシャツを着た大学生くらいの男の人がふたりいるのを見つける。カウンターの中と外にひとりずついて、カウンターの外に並ぶ椅子に座っているほうは眼鏡をかけている。どちらもそれぞれのスマホをいじっている最中、ドアが開いた音で同時に顔をあげた、という感じで私のほうを見ている。どちらかと知り合いかもしれないという、笑顔の手前くらいのあいまいな表情をしていて、私がどういうふうに言葉を切り出すのか注意深く耳をかたむけている。

「今、お店開いていますか」

　と声をかけると、カウンターの椅子に座っていたほうがぴょんと立ち上がる。そうして奥の一番ゆったり座れそうな四人がけのボックス席をすすめてくれる。私がそこに座るまでの数歩の間にふたりがそれぞれ、どうぞ、と五、六回くりかえし言う。カウンターの外側にいた人も店の人なのか、もしくは常連かもしれない。その、店の人とお客さんの境目のよくわからない感じが苦手に思えて、入ったことをほんのすこし後悔しながらソファに座る。

「ほうじ茶と、これ、バラの紅茶、かな。があるみたいです」

　カウンターの中にいるほうがまるでひとごとみたいな感じで箱を手に取り、鼻先を近づけてにおいをかぎながら言う。

「ほかの日に店番してる子が置いてってたやつなんで、ちょっと詳しくなくて。ひょっとしてこれ、バラのパッケージってだけでお茶にバラは入ってないのかも。てかそもそも、バラのにおいとかよくわかんない」

彼は笑いながらターコイズ色したファイヤーキングのマグにティーバッグを入れて、ウォーターサーバーからお湯を注ぐ。知らない店で、店の人自身でさえよくわからないお茶を出されるという不安よりも、温かいお茶が飲めることの安心感のほうがずっと強い。ふだんならほとんど口をつけずに店を出るだろうし、まずこんな店には入らないだろう。ただ、さっきまで風雨の人ごみの中でどうしたらいいかわからない状態だったから、それにくらべればちょっと暗くてあやしいけど、ひとまず屋根のある暖かいところで腰かけていられる。それだけでもずいぶんありがたいと思う。

「大変ですよねえ、外」

ティーバッグが入ったままのカップが、私の目の前のテーブルに置かれる。カウンターの中にいる鳥のTシャツを着たほうが、私に話しかけてくる。カップからは強すぎない、すうっとした香りがする。お茶の色は店内の間接照明に負けてよく見えないけど、きっとローズヒップの赤色だろう。

「はい。あの感じだと、タクシーつかまるまでけっこうかかりそうで。ちょっとの間、お邪魔します」

　酸味のある、でも果物とはちがうハーブっぽい風味の飲み物を、口でふいて冷ましながら飲む。

「ああ、こっちはぜんぜん。気にしないで都合いいときまでいてください。ここはべつに営業時間がいつまでとかそういうのもないから。こんなんじゃ僕らも帰れないし。それにここワイファイあるんで。充電も」

　男が視線を移したテーブルに、足元のコンセントからコードが延びたタップが置かれている。

「ケーブル持ってます？　ここにも充電器いくつかあるんで、機種が合うなら使ってください」

　なんだか親戚か友だちの家みたいだ、と思う。

「おふたりのお店なんですか」

　私がたずねたことに、ここは自分のおばさんの店だったんすよ。とひとりが言ってから、すぐつけくわえる。

「あ、まだ元気なんですけどね、旅行とか行ったりしてて」

ここは彼のおばさんが面倒になって畳もうとしていた店を、せっかくだからと彼の友人何人かで家賃を分担しながらつづけているらしい。私が入ったときに想像していたとおりここは元カラオケスナックで、今は不定期に開いていたりいなかったりだという。ふたりは友人同士で、私が思っていたよりも十歳くらい年をとっている。つまり私よりもちょっと年上らしい。どちらもこのお店以外に別の仕事を持っていて、アルバイトをしたりウェブ制作を請けおったりしているそうだ。

私はしばらくの間、彼らと同じように無言でスマホをいじり、それからお互いあまり大げさじゃないテンションで、なんのことはない雑談をする。馴《な》れ馴《な》れしすぎることがなくて、居心地がいい。ふたりはいくつかの彼ら自身の情報と、温かいお茶を提供してくれたうえ、私に対する過剰な質問はない。

窓のない部屋で過ごした時間は、私が思っているより長かったかもしれない。もうそろそろタクシーがつかまるかもと思って席を立つ。いくらか払うと何度言っても、彼らはお茶はサービスだからと言いはってゆずらない。

「じゃあ今度、お酒飲みに来てくださいよ。木曜なら開けていることが多いから」

と、彼らはＳＮＳのアカウントを教えてくれる。

『ハクチョウ』。

店の名前がやっとわかる。彼のTシャツが鳥なのはそのためなのかと一瞬思ったけど、そのシルエットはよく見ると白鳥ではなかったし、もっとよく見るとそれはホリスターのものだ。店の名前の由来はシンプルで、昔のスナック時代の店名が『白鳥』だったから、カタカナにしてそのまま使っているという。店を開けられそうな時間に当番の人間がSNSに書きこみをしているらしい。

タクシーを待つ人の列は無くなっていなかったけれども、さっきとくらべるとだいぶ縮んでいて、あと数台くればもう乗れそうに見える。うしろに並んで待ちながら、さっき教わったSNSのアカウントを開いてみる。開店の告知以外の書きこみはほとんどなかったけれど、さっきまでいたお店の中のようすを撮った写真が何枚か並んでいる。あのふたりは『カンベ』と『サイトー』で、ほかにもうひとり『イズミ』という女の子が働いているらしい。

その日から私は、なんとなく木曜になるとお店のアカウントを確認して、開いているとわかれば、今までなじみのなかった駅で降りて『ハクチョウ』に行くようになる。いつも私がお店に行くとたいていの場合はカンベさんがいて、もうちょっと遅い時間になるとサイトーさんがやってくる。SNSの写真に笑顔になるでもなく写っていたイズミは、いつも働いているのではなく手伝いなのか客なのか曖昧《あいまい》なようすで店にいることが多い。というよりほとんどの場合、その三人が店員をかわるがわるやっていて、日によって客になったり店員になったりしている。

お店は、最初に入ったときからずっとあまり印象が変わらない。いろんなことを聞き出されたりしないし、疎外されている気分を強く感じることもない。私のことをよけいにもてなしすぎたりしないけれど、私が彼らに持つのと同じくらいの好奇心で私のことをたずねてくる。私も語りすぎないていどに自分のこと、たとえば仕事のこととか趣味のことを話している。

イズミは小柄で細身で、カンベさんやサイトーさんよりちょっと年下、つまり私と同じくらいの年齢らしい。独特な雰囲気があって、個人的な好みを抜きにしてもまちがいなく美人と言っていい容姿をしているけど、化粧気がなくてピアスや指輪もつけていない。服装も無地の、チャコールとかネイビーのシンプルなものを着ている。髪の毛はまっすぐで長いのを、くくったまま垂らしたり上にまとめたりしているから、美容院には必要以上の頻度で通ったりしないんだろう。それに、カンベさんやサイトーさんみたいな自分の趣味とか嗜好《しこう》を表明している帽子やＴシャツを身に着けるようなタイプの人と仲良くする人種にも見えない。ふたりとは、映像の専門学校で卒業制作をしていたときに機材と技術の手伝いなんかでやりとりするようになってからずっと仲がいいという。

イズミは昼間、写真の現像サービスをするお店でアルバイトをしながら空いていると
きに自分で映画を撮っているらしい。

「写真の現像って、今でもお店があるんだ」

「そりゃ、あるよ」

「デジカメのプリントアウトとか？」

「そういうのもあるけど、古いネガフィルムを持ってきて、デジタルデータにしてほし
いって言う人もいるし、焼き増しとか、パネルにひきのばしとか、いろんな仕事あるよ。

ただものすごく忙しいってことはないけど」

「昔はものすごく忙しかったのかな」

「あ、そういえば」

イズミがつづける。

「こないだ、私がいないときに古い写真をいっぱい持ってきた人がいたらしいんだけど、
うまくデータにできなくって断ったみたい」

「ぼろかったり、変色がすごかったりしたの？」

「それ、ぜんぶその人が大事にしてた心霊写真だったんだって」

「あ、それって怖い話になるの」

「いや、いや、逆だって。結局、ああいうのってただのレンズの汚れとか現像のエラーとかゴミ？　みたいなもので、技術が進んでクリアになるともうそれは無いことになっちゃうものが多かったらしくて」

「そうしたら、古いままでとっとくしかないね」

「さみしいけどね。私も見たかったな」

そう言って笑うイズミは、どんな趣味の人とも相いれないような空気を持っているいっぽうで、お店に来るいろんな人たちと、無理のある不自然な笑顔もなしに話を合わせることができる特技を持ちあわせている。私も、お店の中にいるときはイズミとが一番話しやすい。基本的には居心地いいお店ではあるけれども、その中でもイズミがいたらいいなと思うくらいには、私はイズミの話を聴くことが好きだった。

「最近は記録みたいなものを撮りためてる。たとえば、この間の嵐のときにたくさんの人が帰れなかったときのこととか、水があふれてしまった商店街の路地とか……」

「報道素材とか、記録映像みたいなやつ？」

「あ、でも、売ったりはしない。ええと、ほとんどの場合はネットにアップして、たくさんの人に状況を知ってもらうっていうか。ただ、いろんな人を写したものをアップするのは難しいから、人の顔が写っていない映像を選んだり」

イズミみたいに映画を作る勉強をした後でそういう種類の映像を撮ってそのまま公開している人はわりと特殊だろうと思いながら、これまで見たドキュメンタリー映像とか、記録写真のいくつかを思い出す。長い映画だけでなく、一分足らずのニュース映像、新聞の一面に出た写真。たとえばアメリカの戦争が終わった後の精神科病院の中の記録映画だとか、災害で逃げまどう人たちの写真。煙の噴きだすビルの上からこぼれる人、ヘリコプターで事故現場から助け上げられる子ども、両脇をしっかり、たぶん警察か軍人に抱えられながら飛行機のタラップを下りてくるぐったりとした女の人、あれはたしかテロリストだった。あと、あれはベトナム戦争だったか、泣きながら素っぱだかで、カメラのあるこちらに向かって駆けてくる女の子。

みんな、撮ってもらおうなんて思っているんだろうか。私がもし、撮られる立場だったらどうだろう。普通に考えたら、こんな姿を残してほしいなんてまったく思わないんじゃないだろうか。それとも、撮られたら世界が変わるなら、撮ってほしいと考えるだろうか。撮られてもなにも変わらないなら、せめてこの後の世界に自分の姿を残してほしいと願うだろうか。

その姿を写す人は、どうやって気持ちの折り合いをつけて、もう意志の無い人とか、意志を表すこともできないくらいの人の姿を撮ろうと考えるんだろう。せめて女の子には服を……いや、こんな瓦礫《がれき》の中だから、私は想像の中で、裸の少女の頭にヘルメットをかぶせてあげたい、と思う。

「……だからっていうわけじゃないけど、今はデモを撮ることが多い」

「デモって、あの、政治とかの？」

言ってから、あんまりにも子どもっぽい表現になってしまったのを、ちょっと恥ずかしく思う。

「もちろん拒否する人のことは撮らないけど。でも、そういうところに参加するのは、ぜひ写して、広めてくださいって人のほうが多いっていうのと、私自身がデモの参加者だっていう仲間意識もあって、だからみんな好意的っていうか」

私は、怒っている人が怒っていることを写してもらいたがるっていうことを、意外に思う。すくなくとも私は怒るときには、あんまりいろんな人に見られたくない。

イズミは店で、なにか政治的な主張をしていた記憶がない。というかそもそもイズミだけでなくこのお店にいるみんなは、店員として店にいるときも、客として椅子に座っているときも、自分の考えを人に強く伝えるようなことをめったにしない。店の人間やその周辺の人たち、ここの常連さんと呼ばれるような人たちには、まわりの人を傷つけないようにするというよりは、どちらかというとこの空間じたい、人と人の間に流れている空気を傷つけないようにしているふうな注意ぶかさを感じる。そうして、その慎重さはぴりぴりしたものには感じられない。

イズミと私が話しているのを聞いていた、カウンターにいるカンベさんが、スマホの画面から目をはなすことなく言う。

「イズミの撮った動画は、ＳＮＳでものすごくバズってるんだよ」

ニュースにも何度か使われたことがあるし、というカンベさんの自慢げな言葉にイズミは、

「私の映像だからってわけじゃないもん。見られているのは」

とこたえる。

最初に店に入った日に印象に残っていた、かつてのスナックのなごり、カラオケの抜け殻みたいなものがカウンターの隅に放置されている。たぶん今は使えないなにかのプレーヤーデッキと、ケーブルをつなげば今でもまだ使えるだろうモニターとスピーカー。お客さんがあまりいないときはここで映画を見たり、テレビゲームをしていることもある。液晶ではない分厚いモニターの裏から、どんなことに使うのかそれだけ見てもわからない、いくつかのコードが延びていて、そのうち何本かはカウンターの上にとぐろを巻き、のこり何本かはそこからこぼれて空中をぶらぶらしている。

カンベさんはいくつも散らばってるコードの先端のうち、いくつかをひろい上げて端子を確認する。三回目で目当てのものを見つけると、いつもいじっているスマホの、ふだん充電するときに使っている穴に差しこむ。モニターの電源を入れるとスマホの液晶に表示されている画面がそのまま、ほんとうにそのまま映し出される。古いテレビの、みんなが見上げられる画面に、いつもはパーソナルな状態で眺めているＹｏｕＴｕｂｅのアプリ画面が映し出されるということがとても奇妙に思える。履歴には、プラモデルの組み立て動画らしきサムネイルが並んでいる。

「やば、見てたやつがばれる、えへへ」

と、ちょっと言いわけっぽいつぶやきをしながらカンベさんは慌ててスマホの画面に指を滑らせる。夜の人ごみの画像を背景にしたタイトルテロップは、ＹｏｕＴｕｂｅに並んでいるほかの動画サムネイルとは雰囲気のちがう明朝体のシンプルなもので、選択するとカラオケ画面が現れることになる場所に、最大化された動画の再生が始まる。

「これ、イズミの撮った映像」

「先月の、あのときのだよね」

音声や映像を後から入れたり、加工しているようなようすはない。私はおどろく。

「すごい、きちんと撮ってるんだ」

私がネットにアップロードされる動画について勝手に想像していた、閲覧数を増やすことを目的としていそうなものとはかなりちがった感じの映像が流れている。たくさんの人をたくさんの人のまま、主人公を設定しないような撮りかたをしている。撮っている対象を使って自分の言いたいことを言わせるようなことを、たぶんイズミはしないんだろうと思えるような、誠実な映像に見える。

私は画面に集中する。スマホで撮影された映像は、夜の、なにかたぶん政治的なことに対する意見の表明をするための集会らしい。私はニュースをあまりチェックしないからこれがどういう種類の集会なのかはわからないけれど、たぶん、舌禍《ぜっか》事件のようなできごと。どこかの偉い人が、人権に配慮しない失言をしたとかいうような。

いくらなんでもというくらいに、みんなが怒っている。そういう人を撮っているだけなのか、それにしたって、大人がこんなふうに怒っている姿は久しぶりに見る。最近怒った人を見たのはいつだったかな、と考えて、どこかで見た映画の中だったと気づく。それも映像の中での怒りだ。いつも人が笑ってばっかりのお店の中で、その一角に置かれた画面の中だけで人が怒っている。あんまりに怒っているから、物語とかお芝居とかひとごとみたいに思えて、そんなふうに思うのは失礼なのかもしれないとその考えをやめる。集まっている人はそれぞれべつの主張を持っているように見える。外国の人や、子どもを連れた母親のグループ。たくさんの種類の人が集まる中心に、二色に色わけされたワーゲンのバスが停まっている。そのルーフの上に人が乗って、拡声器で下にいるたくさんの人たちに呼びかけている。

このシーンから、主人公とそのほかの人たちにきっちりと区別がつく。明るい色の巻き髪にピンクのワンピース。スタイルの良いその車上の人にズームする。スマホの光学ズームには限りがあって、どうしてもしっかりとピントが合わない。そのうえ夜なので、投光器で照らされていても手振れがやんでもはっきりしない。でも拡声器の声が聞こえて、そのワンピース姿の人物が男性だということを確信する。

しかも、私はその人物を知っている。

「ニシダだ」

こんなにぼんやりとした映像で、しかもまったく思いもよらない姿をしているのに、なぜか私はそれをニシダだとすぐにわかる。

「チャイカと知り合いなんだ」

イズミは私にたずねてきた。いつも平静なイズミがとってもおどろいている。チャイカというのは、ニシダがこういう集会で使っている呼び名だそうだ。ニシダはイズミが行くような集会の中ではとても有名な人らしい。

高校のときに私と一番仲の良かったニシダは、私にたいしてかわいいとか愛嬌《あいきょう》があるみたいな、見た目に関係したことでほめたことがなかった。それどころか筆箱いいな、新しい髪型にあうじゃんといった、そのほかの要素にたいしても、たぶんほめられた記憶がない。ニシダは細くて顔もきれいで、だから一般的に見ればたぶん、わりと見た目がかっこいいほうだったとは思うけれど、私もそのことをニシダに言った覚えはなかった。

＊

そうしてニシダは、絶望的に話がつまらなかった。会話の感覚、間《ま》とか、題材とか、多少はずれていたとしても、それはそれでおもしろかったりすることもあるはずなのに、どういう基準に照らし合わせてもただただつまらなかった。あそこまでつまらなく話ができるということ自体、一種の才能だったんじゃないか、って思えるくらいつまらない話ばかりしていた。ただ、こういうのはきっと話のテンポとか笑いの価値観みたいなものに関係していて、それがまったく合っていなかっただけかもしれない。

ただ、ニシダは私の話をおもしろがることがとても得意だった。中学生のときに私のことをおもしろがってくれた女友だち五人分くらいを、高校生になってから仲良くなったニシダはひとりでおもしろがってくれていた。しかもニシダは、私のことをおもしろいという言葉で表現することなくおもしろがることがとても得意だった。当時、私も含めて「あーおもしろい」とか言っていればとりあえずおもしろがっているように思える、雑なタイプのおもしろがりかたをしてしまう人間が多かった中で、ニシダは私のことをとてもていねいにおもしろがってくれたので、私はその点においてだけ、ニシダをかけがえのない人間だと考えていた。これだけすごいのなら、もうニシダ自身の話が絶望的につまらないなんて、どうでもいいことではないか、と考えられるくらいに。

当時、そんなふうに仲良くつるむようになって半年もすると、私は何人かの友だちから、ニシダのことが好きならつきあったほうがいいよ、つきあうべきだ、というアドバイスをされるようになった。たぶんニシダにもそういうことをすすめる友だちがいたんじゃないだろうか。私が、やだよあんなのと言うと、みんなちょっと不快そうな顔をした。つきあえないくらい嫌なら、そもそも仲良くしているべきじゃないのでは、と強く指摘してくる人もいた。

ふつうに見ればニシダはかっこいいし、たぶん人気もあったんだと思う。だから私がそんなことを言える立場ではないように思われていたんじゃないだろうか。

そういうの良くないよ、男女の友情っていっても結局そういうことなんだよ、絶対どっちか、てか、どっちも？　卑屈っていうか、変な感じになるよ。そういう、男女関係ない友情って、たとえば、もっとずっと大人っていうか、エロいこと考えなくてすむくらい年寄りっていうか、そういうふうになってからでいいんだよ。と、親切に言ってきてくれる人は、私たちとまったくの他人というわけではなくて、私やニシダとわりと仲が良い友だちだった。

「なにそれ、やだよ、そんなになってからじゃなきゃ人類の半分と友だちになれないなんて」

と言って笑いながら、私は、エロいおばあちゃんの背中とか、声を思い出していた。

それと工事現場。

それと、学生寮。

ひょっとしたらあのとき、工事現場で『お腹なめおやじ』にお腹をなめられたのに言い出せなかった、私と同じような子がほかにもいるんじゃないだろうか。もし『なめられていないほうの女子』にカテゴライズされたまんま私と同じように大人になっている子がいたとしたら、どんなふうに成長しているんだろう。私みたいに、なんの問題もありませんみたいな顔をして仕事をしているんだろうか。

まあじっさい、なんの問題もないんだけれど。

中学生のとき、学校の隣にあった学生寮でへたくそなギターの練習をしていた大学生の男は、ちょっと待ってと言って立ちあがった。それから私を笑わせようとわざとやっているのかと思えるくらい不自然にぎくしゃくした歩きかたで、部屋の隅にある古い冷蔵庫からビンのコーラを出し、窓の縁《へり》で斜めにひっかけて栓を開けると私に差し出してきた。受けとったガラスのビンはとても冷えていた。私がコーラを飲んでいるのを、男は立ったまま、不思議な生き物を観察するみたいにして眺めていた。飲み物を飲んでいるところをあんなに注視されたことは、思い出してみても、まったく経験がなかった。男はさっきまで座っていた私の向かいの場所ではなく横に座ってきた。それなりに考えて予測ができる大人になってみれば、嫌だな、と具体的な感情を自分の中で自覚して、その感情を表にだすことができたのかもしれないけど、たぶん会ったばかりの、きちんと会話をしてくる年上の人（といったって、今にして思えば二十歳になるかならないかの子どもだ）にそういうことを警戒するのが失礼だと思ったのかもしれないし、そもそもそんな理由で人を嫌がったりすることが可能なのかどうかさえ、考えの中になかったんだろう。

私の膝のうらあたりを触ってこられたときに初めて、これはあまり良くないことなのかもしれないと気がついた。でも、その手は震えていたし、ちょっと払うとすぐに引っ込んだ。私が安心して、すぐに逃げるようなことはしなくていいかもしれないな、と思いかけたとき、もう一度、今度はもうちょっと強めにふくらはぎをつかんできたので、反対側の足に体重をかけて男の腕を蹴った。一回ではつかんだ手を離しそうになかったので、何度か、力いっぱい足を蹴り出したらそのうちの一回が男の体のどこか、弱点みたいな場所に当たったみたいだった。ぐぐぐっ、と柔らかく入りこんでいく感触があって、つかまれていた場所にかかっていた力がぬけた。立ちあがった私は、しばらくの間うずくまってむせている男を見下ろしてから、建物の外に出た。走って中学校の校舎のほうに戻っていく間、一回もうしろは見なかった。来るときあんなに靴の泥を気にして注意ぶかく歩いていたのに、泥に足を取られるのも気にしなかった。犬も吠えていなかったし、うしろから男が追いかけてきている気配もなかった。

相手のほうの立場で考えたら、夕方、自分がたったひとりでギターの練習をしているときに制服を着た女の子が来たら、変な夢を見ているとでも思ってあんなふうにしてしまう気持ちもわからないではなかった。あの男もただの弱くって小さい生きものだったたんだろう。私が逃げていったあと、どんな騒ぎになるか、ひょっとしたら大学にいられなくなってしまうんじゃないかと怖くなって、追いかけて謝ったりすることも、言いわけをすることもできなかったんじゃないかという想像ができた。ただ、そもそも私のほうだって、あんなときに追いかけられて謝られたところでなんのメリットもなかっただろうけど。

家に帰ったら、ローファーと靴下、そうしてスカートの裾がどうしようもないくらい泥だらけになっていた。鏡の前で、泥だらけのスカート姿の私を見ながらそのとき私はたぶん、ほんのちょっと嬉《うれ》しかった。小学校四年生のときからまだ四年しかたっていないのに、私は、いろんなことを覚えて、そのうちのいくつかを嫌だと感じることができて、大きい人を蹴るだけの力を持っている。泥のついた足にはしっかりと肉を蹴った感触が残っていた。そのことは、私にとって決して悪いことだけではないと思えた。

お風呂に入りながら私は、あの犬のことを考えた。スワンボートの中に住んでいる犬。鳥の形の屋根が、もともと乗り物の一部だったことを、当然あの犬は知らないまま暮らしているのだろう。

私は『ハクチョウ』から帰ってきた後、家でニシダの映像を探し出して、ひとりで何日もくりかえし見る。アップロードされているニシダの映像は、イズミが撮っているものだけじゃなく、たくさんの人がニシダを撮影して映像を公開している。それぞれの人が撮ったニシダは撮られかたがちがっていて、敵意を持っていたり親密であったり、同じイベントを記録したものだろうと思われる映像もまったくちがうものに見えたけれど、どれもやっぱり私の知っているニシダにまちがいなかった。

ニシダはこういう活動をしているときに『チャイカ』という名前で通っているらしい。チャイカというのはロシア語でカモメを表す言葉で、ソビエトで誕生した世界最初の女性宇宙飛行士、テレシコワという人の愛称だという。高校生のときにキューバの革命家がプリントされたTシャツを着てのうのうと登校してしまうニシダらしいな、と思う。チャイカことニシダは、セクシャルマイノリティに関するものだけでなく、いろんな若い人の集会みたいな活動に女の子の姿……、というにはあまりにもおしゃれでかわいらしい姿（私もイズミも、ニシダが映像で着ているみたいな服はきっと一生身に着けないと思う）で参加して、ほとんどの場合、先頭に立ってみんなに呼びかけをする役割を担っているらしい。私はあんなに話のつまらないニシダが、こんなふうに人を扇動できているのが信じられないでいる。チャイカのＳＮＳアカウントはフォロワーが何万人もいて、公式のサイトもある。チャイカ・ｃｏｍ。やっぱりこれもじつにニシダらしい野暮ったさだな、と思う。こういうなんとなくどんくさい感じが、たくさんの人を扇動するためには案外大切なことなのかもしれない。

久しぶりに会ったイズミは、めずらしくけっこうお酒を飲んでいる。

「帰りたくないなあ」

というイズミに私が、

「うちに来る?」

と言うと、

「まじで言ってるの、いいの、ほんとうにいいの」

とイズミがすごく真剣な顔で何度も言った。私はそのことでかえって、ちょっとひるんでしまう。なんの気なしに言ったことが、イズミにとってはとんでもない言葉だったのかもしれない。

「本当に行くよ、いいの」

「いやまあ、せまいけど」

イズミの家とくらべると、私が住んでいるところのほうがずっと店から遠い。ふだん、店まで歩きか自転車で来ているらしいイズミは、駅でＩＣカードにチャージをして、私の部屋の最寄駅までいっしょに乗ってくる。駅のすぐ近くにあるファミリーマートの前で、ここが一番家から近いコンビニだと教えると、高速バスの最後のインターチェンジ案内みたい、と言いながらイズミはコンビニに入って、歯ブラシと野菜ジュースの紙パック、フェイスタオルを小さなカゴに入れる。タオルはさすがにあるし、と伝えると、イズミは嬉しそうに棚にタオルを戻しにいく。私はさらに、ちょっとしたお菓子と、店でイズミがよく飲むジーマのビンをふたつカゴに入れ、そのぶんの千円札をイズミに渡そうとして、

「いいよ、これは宿泊代として払う」

と、断られる。

私の部屋の隅に置かれたイズミのリュックはとっても大きくて重い。もともといろんなものを持って歩いていたほうらしいけど、ここ数年でさらに増えているという。中身は撮影の機材なんだろうとばっかり思っていたけどそうではなくて、ほとんどがふだんは使っていないものばかりで、

「こないだみたいな台風とか、地震とか、そういうときに困らないようにって思ってつっこんでたら、こういうふうになっちゃった」

と言う。

「でも、こんな重くなる理由は自分でもわかんないんだよね。だって、増えてるっていっても、充電器とか、ばんそうこうとか、そういうなんでもないちょっとしたものが追加されているだけなのに、なんで結果的にこんなに重くなっちゃってるんだろうって」

イズミの言いざまがあまりにもひとごとなので、笑ってしまう。

私がニシダと仲が良かった時期があるという事実に、イズミはとても興奮しているみたいだ。ジーマを飲みながら関係ないことを話していても、ちょっと話がとぎれるとイズミは、ごめんやっぱりどうしても気になる、と言ってニシダのことをたずねてくる。私はまるでニシダを話のだしにしているみたいでいやだなと思いながら、それでもイズミが喜ぶのがなんとなく嬉しくて、ちょっとずつ、思い出すようにしながらニシダの話をする。

たしか高校三年の、もうみんなの進路が決まって私も推薦で行く大学が決まっていたころ。ニシダは、デザインの専門学校に行くことになっていた。そのニシダがいきなり髪を伸ばして、ひげを生やしはじめた。あれは、どこかの革命家とか政治家とか、そういうのまねっこだったんじゃないだろうか。ニシダの長髪とひげは周囲の女子にすこぶる評判が悪かった。正直なところ私もニシダのきれいな顔に似合っていないなと思ったけど、歴史上のえらい人も、きれいだったり子どもっぽかったりする顔に迫力をつけ

るためにそうしている場合が多かったというし、私はニシダの見た目に関しては、

「私にとっては犬のうんこよりどうでもいいことだと思っていたからべつになにも言わなかった」

　手持ち花火みたいに小さくぱちぱちした笑いかたで笑うイズミを見ながら、ここにいないニシダのことをこんなふうに笑ってしまうことに、すこしうしろめたさを感じる。

あのときニシダのようすが変だったのは、しかたがなかったんだとも思えるし。

「あのときのニシダは、今思えば離陸の時期だったのかもしれないな」

　イズミは、話をしている最中に何度も小声で、ああ、この話、撮ってたら良かったな、と呟《つぶや》いている。

「シバちゃんはさ、おもしろいけど、なんだろう……なんか重石《おもし》がのっかってるみたいに見える」

「重石がまったくない人なんかいないでしょう」

　私との話が途切れたときにイズミは、ねえシバちゃん、次のアクションいっしょに行こう、と提案をしてくる。

「それ、ひょっとして、私とニシダをひきあわせたシーンを撮ることができるかもしれない、撮りたい、とでも思ってるんじゃないの」

イズミは笑っている。

「でも、もうぜんぜん連絡なんて取りあってないし、そもそも、こんなことやってるってのも知らなかったから」

と私がいくら言っても、かえってそっちのほうがいろんなことを考えるきっかけになると思うから、といっそう熱心に説得してくる。イズミがそんなふうに熱っぽくなにかを話してくるのが初めてだったのでちょっと怖くなる。

「あのとき、私はニシダがそういう……かっこうをして生きていきたいみたいなことを聞かされていなかったから、そのときの友だちには見られたくないと思ってるかもしれないから、会ったりなんてしないほうがいいんじゃないかって思ってるんだけどな」

私がそう、ちょっと言いわけめいたことを話している間、イズミは今にも私にカメラを向けて撮影を始めたそうにしている。

「なんで仲良しじゃなくなったの」

「なんでって……卒業したし、引っ越したし」

「それからずっと連絡取りあってなかったんでしょう。一度も。この、SNSでもメールでもなんとでもなる現代の日本で?」

私はどきどきする。イズミは、私が考えるよりずっと無遠慮に、強い力で私に対して興味をぶつけてきている。自分がイズミの興味の対象になってるなんて、というか、私の人生が、今、私の考えていることが、別の人生の中で興味の対象になるなんてあんまり考えてなかったから、油断をしていた。

私は根負けした。

「その場に行って、たくさんの人の中でニシダを見る、っていうのは……、私はどっかでそうしたいとも思ってるかもしれない。けど、でもなんかそういうのも、ひきょうな気がして」

彼女はとても満足そうにうなずく。それで充分じゃない、後悔しないように、いっしょに行こう。と。

公園は、歌う人や怒った人が集まる場所として、都内ではけっこう有名なところらしい。仕事が終わってから私は井の頭《いかしら》線に乗って、渋谷《しぶや》駅の改札を出る。出て左手の長いエスカレーターは視界をさえぎる壁がないので、乗っている間もずっと左下に広がる駅前のようすが見える。バス停や喫煙所、駅前のビル、その壁にはりつく大型ビジョン、古めかしい薬局と書店の看板。エスカレーターを降りると、目の前に雑誌や新聞が並んでいる。キオスクというにはあまりにもお祭りの屋台っぽいつくりの売店で、店の軒には『電子タバコ』と書いてある。昔風のゴシック体で電子タバコという最近のことばが書かれたその感じが、そのまんま渋谷らしいな、と思う。売店を右に見ながらすすんですぐ、駅前の人が無軌道に通るこのあたりでも一番ごちゃつくたぶんすごく有名なスクランブル交差点にさしかかる。駅から離れるように、一度、再開発だかなんだか知らないけど名前を変えてからまたすぐ戻ったらしい渋谷センター街——なんて呼ばせようとしていたんだっけ？　やっぱりここもひどくごちゃついた道——の、一本右の通りに入る。百貨店が道の両サイドに建っているその間を歩きながら、ふと、この道でまちがいなかったっけ？　って道の端、百貨店のウインドーに寄ってスマホを開く。さらにもう一本右か。ついでにイズミに、もうすぐ着くよとメッセージを送る。さっきの道に戻ろうかちょっと迷った後、目の前にあるわかれ道を、ロフトの地下入口の手前で右手の坂を上がる方向に曲がる。ふたり連れのお地蔵さんの前には、それ自体と同じくらい小さくかわいらしいけどきちんとした花がお供えされている。そこからの上り坂は石畳の細い道で、本屋さんと映画館の建物の間を頂点にしてそこからほんのすこし下ると、広い車道に出る。左に向かって緩やかな上り坂だったから、公園の敷地に入るまではそこそこ時間がかかる。というか、駅はすり鉢状の一番底にあるのでどこに行くにも坂を上らなければならない。だからこの街は渋い谷って書くんじゃないのかって、いつも思う。

まあ、由来をスマホで調べる気はないけど。

　ふだんから、ちょっとしたイベントごとがあるときにはちょっとした暴動っぽくなるくらい人が集まる街だ。公園は繁華街に近いところで、そばには昔からある放送局の大きいスタジオもあるから、デモやいろいろなハプニングイベントみたいなものがしやすいんだろう。

　今日は駅から入りやすい、大きい入口から入る。この広い公園は渋谷の界隈《かいわい》では心臓にあたるような場所だから、いくつもの管みたいな道が通っている。渋谷の中でも高いところにあるから、日比谷公園だとか新宿御苑みたいにビルに囲まれた風景にはならない。ほんのちょっと特殊な風景だ。

　入るとすぐ、人がたくさんいるのがわかった。公園の外側からななめに差し入る形で通っているこの広い遊歩道には、歩いたり、立ち止まって話しこんだりしている人たちが数人ずつ、それと楽器の演奏をしている人たち、漫才や大道芸とかいったパフォーマンスをしている人たちもいる。公園にいるのは若い人だけでも、お年寄りだけでもない。着飾った派手な人もふつうの人も、地味だけどちょっと変わった感じの人だってたくさんいる。

　集会はまだ明るいお昼から始まったらしく、今はもう終わりに差しかかっているみたいだった。イズミに聞いていた話だと、集会は公園からスタートして街中をうろうろしたあと、集まっているみんながまた公園にたどり着くようになっている。現在のようすを見ると、とくにはっきり時間を決め、集合をして打ち合わせて、というふうでもない感じだった。見ただけでなんとなく、どういう考えで集まっている種類の人たちなのかがわかった。わかりやすく言いたいことをでかでかとプリントした揃《そろ》いのTシャツを着ている人たちもいれば、有名なアニメのキャラクターのかっこうをマネしている人、子どもを抱っこ紐でお腹に抱えたり、バギーに乗せているお母さんたち、私の親より年上の男女。それぞれの人たちはあちこちでそれぞれの生活を送りながらいろんなことを考えていて、そういういろんな種類の仲間があちこちから集まってきている。全員が同じ意見を持って一致団結をしている、ということでもなさそうに思える。そもそもここに立っていると、こんなにたくさんの人が同じような考えを持って動いているということさえも疑わしい。これだけのばらばらの人たちが、なにかほんのちょっとのことに関してだけはたまたま意見が一致したのだろうか。ひょっとしたら、なんとなくここだけは許せないよねとか、そのほうがいいよね、程度のものなのかもしれない。

イズミから折り返しの電話が入る。お互いが見えている目印を伝えながら近づいていくと、すぐに見つけることができた。イズミの着ている服はこの公園にいるどの集団ともちがうようでいて、どれにもなじむようなものなので、私がすこしでも目を離すとどこかへ歩いていって背景に溶けこんでしまうイズミの姿を再び見つけるのに苦労しそうだ。私は、昔こんなふうに人ごみの中で誰かを探す絵本があったな、と思う。あんなに派手な服でも見つけるのに苦労するんだから、こんな服装のイズミを見つけるのが難しいのもそりゃあ無理はないなと思う。イズミはそうやってうまいことあちこちの、どの集団にも染みこんでいきながらうまいことスマホで映像を撮りつづけているんだろう。

イズミが撮影をしているところを眺めているだけでもここに来たかいがある。イズミはやっぱり、映像を撮るという作業がほんとうにうまいと思う。イズミは、自分の撮っているこれがただのメモだと言っていたけれど、私は今まで人が記録映像を撮っているところというのを目にすることがなかったから、それらの違いがよくわからない。彼女は体のたくさんの場所をいっぺんに動かして、手のひらに収まるほどの液晶に意識を集中させ、同時にあちこちの場所に神経を張り巡らせながら作業している。イズミはいろんな集団の中に潜りこんで、なじみ、映像を撮ってまた移動する。そのルーティンはすばやくて、私は何度もイズミを見失う。それで気がつくと私のそばに来て液晶を覗《のぞ》きこんで何かつぶやいていることもある。イズミはなにかの思想だとか主張を強く持っているると見せかけるスイッチを持っていて、その場合ごとに合わせて入れたり切ったりできるようにさえ思える。

公園の一角に、ちょうど大きなスタジオのある放送局を背にするような形でステージが造られている。たまになにかのイベントで屋台が並ぶとき、ここは演奏だとかダンスが行われていて、以前聞いた民族音楽が上手だったことを覚えている。ただ、今そこから流れている演奏はなんの曲なのかしばらく聞いていないとわからないようなひどいものだったのに、スピーカーやサウンドシステムだけはやたらに立派で、聞いているみんなは楽しそうだった。さっきまでいた、渋谷の駅前に充満しているしらじらしい楽しさとは別の、それでも種類がちがうだけのやっぱりどこかしらじらしい楽しさなのかもしれないな、とも思う。

人が増えてきてなにがなんだかわからなくなってからでも、その中にいるニシダはすぐに見つかる。チャイカ、ほらそこ、チャイカだ、とみんなが言って、ステージのほうにバラバラと集まってくる。

これが、人が運動をする始まりといえばそうなのかもしれない。イズミが手に持ったスマホの画面を慌ててつつき、特別なシーンの撮影設定をしているんだろう。小走りでステージのほうに向かう。私は、イズミのうしろをついていく。

ニシダは今日、まっ白いファーのドレスを着ている。もともと長身だし、ステージの上だから多少めだっているとはいえ、たくさんの人たちのうしろのほうから見ているかぎり、その姿は虫みたいに小さい。なのに私はチャイカがまちがいなくニシダだと、こんな遠くからでもわかる。ニシダはみんなに促されながらステージに上がるとしばらくの間手を振ったり笑ったりしている。ニシダのうしろに並んでいるともなくスタンバイしている、いろんな種類の楽器を持った人たちがいて、なんとなくという感じでちょっとした掛け声をしてから演奏を始める。バラバラの、どこの国がルーツなのかもわからない祭囃子《まつりばやし》ふうの音楽だった。たぶんタイトルさえないんじゃないだろうか。

リズムをとって体を揺らしていたニシダの動きが止まる。ニシダは笑っていない。私のほうを見て、おどろくこともできないとでもいうようすで、整った顔から一瞬で表情をスパッとそぎ落とされた感じになっている。おどろいたのは私のほうだ、と思う。ステージのニシダはたくさんの人に見られていて、だから私は暗いところでぎゅうぎゅうに立っている観客のうちのひとりだった。すっかり安心していたのに、ニシダがステージから、スピーカーでたっぷり増幅されきった声で、

「シバちゃん」

と口にしたことで、私とニシダの間にあった問題、というか感情というか、そういうものが全部表にひっくり返ってきて噴き出し、どろどろの熱い波がステージから私のほ

うに一気に流れこんでくるのがわかって、あ、呑みこまれる、と思った。ニシダは私からずっと目を背けないまんまで、ステージから降りようとしている。

　私は逃げ出す。私のまわりにいる人はまだ、ステージの上のニシダが狙いを定めているのが私だということに気がついていない。私はまるでトイレにでも行くみたいにして、もしくはちょっと飽きたから抜けて駅のほうにでも行きますよとでもいう、つとめてなんでもない態度で、まわりの人をやわらかく押しのけながらステージの左うしろ、売店のあるあずまやのわきをすり抜けて、広い遊歩道を渋谷駅方向に、さっき来た道を戻る方向に走る。

「待ってシバちゃん」

　手に持っていたトラメガでニシダはそう叫びながら、たぶん私のうしろ、ずっと離れたところから追いかけてきている。遠くなる演奏の音とか、ニシダがしゃべっていることとか、これから向かう駅前の騒々しい宣伝の声がなにを言っているのかはわからない、聴覚にまで気が回らなかった。だって私は全力で走っているから。

　私と仲の良かったころのニシダはそれほど運動が得意じゃなかったけれど、さすがに私よりはずっと足が速かったと思う。でも今のニシダはチャイカで、身に着けているのはファーのドレスにハイヒールだ。ただ、それであっても私がニシダから逃げおおせるかどうかは、ちょっと自信がない。

遊歩道の終わりは幅の広い五叉路《ごさろ》になっている。工事をしているところも多くて見通しがきかない。右側にも左側にもコンサートホールやイベントスペースのようなものがあって、工事をしているところも多くて見通しがきく。まっすぐ延びる横断歩道の信号は、今、点滅している。私はスピードを緩めることなくその横断歩道に突っこむ。待っていたら追いつかれてしまう危険があるいっぽうで、信号の切り替わりでなら、うまいこと距離をかせげるかもしれない。

「シバちゃあーん」

ニシダの叫び声の語尾の伸ばした部分が、メガホンの電気的な増幅でひずんで、よけいに悲痛さをました響きに聞こえる。というか、日が沈んで暗くなった、おめかしした人たちとそうでない人たちであふれる渋谷の街に、自分の呼び名が響いていることがとんでもなく嫌な気分で、やめてほしいけど、立ち止まってやめてとお願いするわけにはいかない。だって私は逃げているから、つかまりたくない。

工事をしている大きな建物の前を（そもそもこの街は絶えずあらゆる場所が工事中だけど）駆け足で通り過ぎて、駅のほうへ向かうゆるやかな坂を下りていく。その間じゅう、街の音に混じってトラメガのスピーカー越しに、私の名前と、絶えずなにかぐずぐずした呼びかけが耳に届くかどうかといった感じに発せられている。私のほうは小声でずっと、黙って、とか、来ないでよ、とかいうような内容の、でもこの街にいる誰にもちゃんとした意味のある言葉として伝わらないほどの、ぐずぐずしたひとり言を口元だけで言っている。

まわりの人にぶつかりそうになったり、転びそうになったり、ぐずぐず言ったりしながら、私は追いかけっこの逃げ役をしている。ここは車道も歩道も広くて混雑していないから、歩いている人の間を駆け抜けることはまだ可能だけど、ここからもうちょっと駅前になったら人が増えてしまうことはかんたんに予想がつく。たくさんの人に交ざることで逃げられるかと考えてみて、さっきの公園のことを思い出して、たぶん無理だと考え直す。

駅に向かっていくにつれて、この街は映像を映すための画面だらけだということに気がつく。ビルの壁には大きいものが、建物のデザインによっては曲面になったりしながら張りついている。横に広かったり、縦に長かったり、音楽や文字が流れたりしているだけのものもある。お店の看板かと思ったら店名やメニューの写真が動いているものもある。通りに面したゲームセンターでは、小さいモニターが斜め上から人を見下ろしながらウェブアニメで人気が出たキャラクターの映像をループ再生で流していて、ディスカウント薬局の店先には商品の横で、手のひらくらいの小さい画面で新しいシャンプーを絶えず紹介しつづけている。車道を走る広告トラックからは、話題になっている新曲の音楽が流れていて、車体の横にはプロモーションビデオが映し出されている。どれもさも自分はポスターですよ、みたいな顔をして、じつは動く映像を流しつづけている。歩いている人たちのほうは、それら全部が、映像を流すものであることにまるで気づいてないですよ、くらいの態度で、ときどき自分の端末に映るなにかを見たりさえしている。

坂道を下りきって太い道に合流するあたり、角に人工の植物を壁に飾り立てた（とても好意的な言いかたをすると）個性的で愉快なファッションビルがあって、三角形の建物に沿ってV字に曲がりそのまま進めば駅から離れることができる道に出る。線路沿いのその道には、黄色いレコードショップ（という名前の、主にCDを売る店）の建物と、正面にはかつてカラオケで、今はカルチャースクールになっているらしい（とても好意的な言いかたをすると）個性的で愉快なビルが見える。

昔からニシダはきれいな顔をしていたけど、今チャイカになったニシダはこんなたくさんの、おしゃれに着飾った若い女の子の中でも光って見えるくらいに美しい。

美しいニシダから、あんまり美しくない私は逃げている。

なんのために？

黄色い建物の前を走って通り過ぎながら横道のほうをちらりと見ると、線路が道の上を横切る形で走っている。そのさらに上のほうには、宙に浮くようにして平たい公園ができている。以前は線路わきにあったその、さっきの公園よりずっと小さな公園は、比喩《ひゆ》でもなんでもなく大きなクレーンかなにかで空中に持ち上げられてしまっている。あんなところに浮いてしまった公園には、さっきの場所みたいに人が集まってなにかを主張したり、音楽を流したり、寝っ転がったりもできないんだろう。

カーブを道なりに行くと、街をふたつにわけている線路の下の大きめなガードをくぐって線路の向こう側に出る。ガード下はグラフィティだらけのうす暗いところだった。ガードの両壁を埋めている落書きは、さっきまで走っていた大通りの壁に描かれていたイラストとは正反対の種類だと思える絵や文字だった。大通りに設けられた仮設の壁には、当たり障りのないかわいらしいイラストや、すくなくとも当時は当たり障りがあったのかもしれないかっこいいSFマンガの、現在はすっかりきれいに整った線画、それと都市計画の細かい数字や説明が書かれてある。どちらもガード下に描かれたそれとはまったくちがった種類のもので、ただどれも私にとって、たいしてかっこういいとは思えないものだった。

その絵が描かれた仮設の壁は、街のあらゆるところで行われている工事現場を囲って隠すためのものだ。壁の向こうでどんなえげつないことが行われているのか、そんなこと知りたくもないな、と、私は走りながら思う。

薄暗いガードを抜けると視界が開ける。谷なのだから当然、駅のこっち側も坂道になっている。線路沿いに延びている太い道で、建物に囲まれていない開けた場所だった。緩い坂を下ると渋谷駅の、さっき降りたところとは別の駅前に出る。逆に坂を上れば、渋谷駅から離れてとなりの原宿駅の近くに向かう。

私は数秒足先をまごつかせて迷ってから、坂を上る側に曲がった。歩道の幅の広い道だった。大きなアパレル企業だとか、外国車のディーラーの建物が並んでいて、立派な街路樹の並ぶ緩い坂をずうっと行くと大きい十字路、背の高いラフォーレ原宿の建物が見えている。

雪が降りだしたのかと思ったら、雪の結晶に見えるくらいの小さい白い虫だ。

雪虫はふわふわで小さくて白い、冬に飛ぶ羽虫だけど、雪虫という呼び名は通称で、正確にはアブラムシの一種らしい。アブラムシの中のいくつかの種類は、一時期だけ白い綿毛みたいなものが生えて飛んで移動する。もともとアブラムシは単為生殖とかいうものらしく、緑色の虫のときは雌だけで子どもを産んで、コロニーみたいな多数の集合体を作る。そうして冬前になると羽の生えた空を飛ぶものが生まれて、それは綿毛を持って空を漂いながら、交尾して越冬をする。羽といっても自力で飛ぶことができるような力強いものというよりは、帆のように風にあおられて移動するものだった。だからすこし離れて見るとそれは雪に見えるらしい。季節の変わり目に、唐突に生まれる白いアブラムシ。白いその個体にとって、羽が生えていること、空中を漂えること、交尾ができることは福音なんだろうか。白い個体を産んだ虫の一世代手前、ようはお母さん、白い雪虫の母であるみどりの羽のないアブラムシにとって、自分の産んだ白い個体は瑞兆なんだろうか。

唐突に私は、おばあちゃんが、むこうの世界で旦那さん、つまりはおじいちゃんと再会できたんだろうかと心配になる。もし人がむこうに行った人の姿の写真を飾るんだとして、おじいちゃんはあの写真のような感じでむこうの世界にいるんだろうか（ということは、白黒の状態でいるということなんだろうか）。だとしたら、ずうっと昔に死んだ、ぼけぼけの集合写真に写っていた人なんかはぼけぼけの状態でむこう側にいるんだろうか。おじいちゃんはそんな中でカラー写真の、しょうゆで煮しめたみたいな顔のおばあちゃんのことを、見つけることができるんだろうか。きれいな背中を見たら思い出すだろうか。なんで私はあのとき、弟に無理に命令をしてでもおばあちゃんを裏返して、背中を写真に撮っておかなかったんだろうか。でもじつはそんな心配なんて余計なお世話で、ふたりは楽しく、仲良くしているのかもしれない。若くて男前のおじいちゃんは、しょうゆで煮しめたみたいなおばあちゃんの顔や、きれいな背中をうっとり眺めて、撫《な》でてでもいるかもしれない。だって、エロかったし。高解像度のデジタルデータには写らない、この街にもたくさん漂っている、花か、羽虫かもわからない、心霊写真あるいはゴミだと片づけられてしまう、ならまだマシで、たいていはないものとされるもやもやしたなにか。

ラフォーレのある四つ角に出て左に曲がる。坂道には大きな街路樹が並んでいて、歩道には人が多かった。ひょっとしたらこのくらい人がいっぱい、無軌道に動いているほうに向かって潜りこめば、逃げられるんじゃないだろうか。さっきより暗いし、虫も多い。そもそもなんであんな暗がりの人ごみで、集会の群衆の中で、私が見つかったんだろう。虫はどんどん、さっきよりも増えてきている。見えなかったものが見えるようになってきただけなんだろうか、走って移動していくにつれて空気中に漂っている虫は増えていく。私は、怖くてうしろを振り返ることもできない。

いつか、おばあちゃんがどこかから花を摘んできて、コップに活《い》けて仏壇に飾っていたことがあった。小さくて、黄色くて、丸い花はとてもきれいだったけれど、茎にはびっしりとすき間なくアブラムシがへばりついていて、花の茎をひとまわり太く見せていた。当然、おばあちゃんにはそれが見えていなかった。私はお母さんに言いつけなかったけど、次の日にはやっぱり、お母さんによってその花は捨てられてしまっていた。

あの、人身事故のとき。

急ブレーキのあと、電車はぴくりとも動かなくなった。かなり長い間、ずっと待たされていた。そうやって事故の後始末を待っているとき、ひとりの女の人が、

「今日、朝から寒かったもんね」

と言ったのが聞こえた。私はその言葉で、電車の窓の外に舞った、白い雪か塵か、虫みたいなそのぶわぶわしたなにかが、ダウンジャケットの中身の羽毛だったということに気がついた。

「どうせ……なんだから、片付けやすいもの着てればいいのに。迷惑だよ」

という言葉が、ちがう方向から聞こえた。どうせ、というのはどうせ死ぬんだから、ということだろう。どうせ死ぬんだから朝から寒かったとしたって、あったかくしなく

てもいいじゃん。風邪ひく心配だってないんだし。

　ひっど、という小さい声。これはたぶん、私と同じくらいの年の、男の子。こういうふうに、車内は間を持て余した人たちの中の、さらにイヤフォンで音楽を聴いていない人たちの、ちょっとしたディベートが細切れにつづいた。

「でも、せっかくだから、あったかくてお腹いっぱいでいてほしい」

　そうこたえる人。たぶんちょっと年配の男性。

　私も、そうだなと同意して、その後すぐに、でも、お腹いっぱいだったらやっぱり片付けにくいのかな、と思い直した。

「ひょっとしてぶつかったの、すげえ大きな鳥だったりして」

　誰かが、この世界の秘密みたいに声をひそめて言った。

「さすがに無理があるでしょ。街にいる鳥なんてスズメとか」

「せいぜいハト?」

「カラスは?」

「黒いじゃん」

「電車にぶつかったくらいでこんな長く止まるんなら、もっと大きくて」

「でかくて、白い鳥、このへんにそんなの、いるかなあ」

いいかげんにしろよ、という低い声がひびいて、そのひそひそ声たちは消えた。

私はぼんやりと考えごとをしていた。この、白いふわふわを着ていた人の背中が、その人自身が思いもしないくらいに美しいという可能性はどのくらいあるんだろうか。そうしてもし、誰もその背中の美しさに気づいてあげられていないんだとしたら寂しいなと思った。私の心の中で、白いふわふわを着ていた人——男か女かもわからない、背中がきれいかどうかももうわからなくなってしまったその人に、ヘルメットをかぶせてあげたいと思った。

どこに？

誰もほかの人なんか見ていないみたいにして歩いている人たち、お互いに知らんぷりし合っているめいめいがばらばらに歩いている中で、私は走りながら握り拳を上に突き上げた。でも、当然ながら私のその動きを気にしている人なんていなかった。

私がたくさんの人たちの中で握り拳を突き上げたのは、さっきの公園で見たすごくたくさんの人たちみたいな、怒りや主張のためなんかじゃなくて、虫を捕まえたかっただけだ。おばあちゃんはこの虫を見たいと言いながら、じっさいにはいたのにいないものとしていたし、お母さんはずっと邪魔にして、目をそらしながらつぶして殺しつづけていた。お父さんは見て見ぬふりをしていた。たぶん。

私は広い並木道のわきの歩道を、目の前をぶんぶん漂う白い虫を払うために手を振り回したり、捕まえるために握り拳を突き出したりしながら走る。走り通しで苦しかったけど、口を開けて息をすると大量に虫が入ってきそうな気がする。もう今、私のまわりは虫だらけだ。みんな、こんなにたくさん虫がいて、なんでこんなに楽しそうに歩いているんだろう。道はやがて、線路の上を渡る白い橋にさしかかる。見下ろせば原宿駅、橋を渡れば右手は明治神宮、左手にはさっきまでいた公園の、さっき出てきたところとは別の入口がある。その場所に、スマホの平べったい四角い画面を目の高さにかざしたイズミが立っている。

はさみうちだった。ずるい。私は観念してうしろをふりむく。

いっぱいの白い虫の中で、ドレス姿のニシダが泣きべそをかきながら立っている。虹色の花のステッカーをぺたぺたはったトラメガは、まるきりグッチの今年の新作って顔をして小粋に肩に掛けられている。虫さえ、人ごみさえ、ニシダはマンガの背景の花模様みたいにしてまとっている。

ニシダと同じように、私もたぶん泣いていて、でもそれはずっと走り通しで息が苦しかったせいで涙が出ているだけなのかもしれなかった。

「ごめんなさいシバちゃん」

私はなんでニシダが謝っているのかわからない。いや、ほんとうはすこしだけ心当たりがないでもない。ただ、今のニシダはチャイカとかいう女の人のかっこうをした美しい運動家だから、そんな人に謝られることが理解できていない。私は、

「ひさしぶり」

と言ってしまった。まずなにを言ったらいいのか悩んで出した言葉だけど、ごめんなさいの返事にしてはずいぶんとんちんかんだ。ただ、ニシダがなんで謝るのか、その理由は言ってほしくないと思う。

「だって、あのときのあれは」

言わないで、言わないでと思っていた言葉を、きっとニシダは言う。もう止める気も、祈る気もおきない。

「あれは、レイプだったじゃんか、どう考えても」

ニシダの声が震えていた。なんでおまえが泣いてるんだよ、と、とんでもなく理不尽な気持ちがわいてくる。

「あのとき、シバちゃんはぼくにとって神みたいだったんだ。しゃべること全部、おも

しろいを通り越して、すごかったんだ。頭がいいとか、かわいいとか、そういうの超越した存在だったんだよ。神だよ神」

「じゃあなんで」

私はおばあちゃんを、ていうか、おばあちゃんの背中を覚えている。遺影の煮しめたみたいな顔なんかよりもずっとちゃんと覚えている。すごくきれいで、エロかった背中と、お経をあげているときの声を。記録されていないそれを。仏壇にある写真も、今イズミが撮る映像も、その表側からしか撮られない。ベトナムの逃げる少女の背中は、追いかけるうしろ側からどう見えていたのか、今の私たちが確認することはできない。

ニシダはアイラインを溶かしながら涙をぽろぽろこぼしている。

「どうしてあんなことになったのかわかんない。わかんないよ」

「こんな追いかけられて、追いつかれて、むりやり謝られても、困る」

私は謝られるのが怖くて逃げてたんだ、と考える。こんなきれいなニシダが、こんな虫まみれで、美しくもない顔と背中と、かつて丸かったお腹を持った、みじめで、どうしようもない私なんかに謝りたくて走ってきているのに。

そんな状態から、私はどうやって逃げおおせるなんて思ったんだろう。

雪虫が顔のそばにたかる。私は首を振る。顔をしかめて目を閉じる。手で顔のまわりをバタバタはたく。どれもなにか意志や主張のある動きじゃない、ただ、虫を払いたかった。なにがチャイカだ、と思う。

「なにがチャイカだ」

「ごめん」

もうそうやってたぶんニシダはずっとこの後ごめんと言いつづけるような気がする。謝ってすっきりされるために追いかけられる、こっちの身にもなってみろ、と思う。

「謝ってすっきりされるために追いかけられる、こっちの身にもなってみろ」

イズミと、イズミのスマホに見られていると思うと、うまく怒れない。そう思って、思った以上のことが口から出てこなくて、ひとこと言うたびに焦ってくる。いや、イズミが撮っているからというのは言いわけで、私はもとから、うまく怒れない。怒りかたがへたくそな私は、みっともなく必死に怒っている。でも、ニシダはぼたぼた涙と化粧をいっしょに流しながら、なにも言わなくなる。

私は握ったままだった手をほんのちょっと緩めて、それから開く。手のひらにくっきりと四つ、爪の跡がついていて、その真ん中に白い虫がいる。これが雪虫の正体か、と思う。ちょっとだけ動いていて、半分つぶれかかっている。私はもう一回力を入れて握り直したけれど、雪虫は小さい虫だったから、殺した手ごたえなんて感じられない。

そうやって私も、おばあちゃんやお母さんと同じように、手ごたえ無く殺した小さい虫を、なかったことにしてきたのかもしれない。ひょっとするとお母さんもうすでに、ちょっとした不都合で命がどうこうという問題は起こらないと考える、小さい虫に不快を覚えることもない、なんなら見えていたことすらも覚えていない、背中のきれいな人になってしまっているのかもしれない。

そう考えたすぐあと、ただ、その背中は、お母さんが目をそらして虫をつぶしつづけて手に入れたものかもしれないし、いっぽうでおばあちゃんやお母さんは、今の私が見えていないいろんなものが見えているかもしれないな、とも思う。私だって、今、自分のまわりにいるこの虫とは別のなにかがいっぱいあるのに気がつかないで、生きているのかもしれない。

そう考えながら、私は頭の中で、目の前で泣きじゃくっているニシダにヘルメットをかぶせてあげよう。

ススキの丘を走れ（無重力で）

地下街へ降りていく細くて薄暗い階段は、両脇の壁面が隙間から染み出てくる水で絶えず湿っている。私たちはこういった地下の街に入るための小さくて目立たない入口に来ると、自然となにかに押しこめられるふうにして低い音がし続ける場所、天井の低い地下通路に潜りこんでいく。

八重洲《やえす》地下の中央口改札前に、涼《りょう》ちゃんは黒いキャリーバッグをひきずって来た。大《だい》丸《まる》百貨店の地下で買ったらしきお土産《みやげ》の紙袋をふたつ提げ、スカートスーツにパンプスをはいている。これは紙袋に刷られた店のロゴマークがちょっとちがうかどうか、というくらいで、一年半前に同じ場所で会ったときとほとんど同じ恰好《かっこう》だった。なんなら前髪の量も、ファンデーションやアイシャドウの色さえも、前のときとまったく一緒なのがわかる。その涼ちゃんが私を見つけて口を開くなり、

「変わんないなあ、ナベちゃん」

と声をあげたことで、私も前と同じジャケットとブラウス、同じメーカーで同じ型番の化粧下地だったことに気がついた。この歳《とし》になったら一年や二年くらいで人の姿なんてそうそう変わったりしないし、服だってひどく汚すことも破くことも、ましてや体型が大きく変わってサイズがきつくなるなんてこともないから、そんなにしょっちゅう買い換えない。同じように顔の色もたいして変わらないから、肌に合っていると思える同じ化粧品を買い足し続けているだけだ。たぶん、涼ちゃんも。

なんなら、見た目だけで考えたら私たちよりも、八重洲地下街のほうがまだ前回に待ち合わせたときと比べて変化している気がする。とくにここ数年で東京全体はすごく変わった。古びた地下鉄もところどころ新しくなっていて、ただ、そのぶん古いままだったり、工事途中の仮壁面だったりするところの色が目立って、新しい部分と混ざって地下のメイン通りはつぎはぎのモザイク状態になっていた。

新幹線で帰る予定の涼ちゃんのことを考えて、私たちは通りの中にある飲食店に入ることにした。涼ちゃんの持っているキャリーバッグは段差に弱いし、今日、外はずっと小雨が降ったりやんだりだった。それに、外に出たところで道の両脇に並んでいるお店は地下のそれと似たりよったりだ。

以前に入ったところとはたぶん別の店だった。ピザとかパスタなんかがメニューに並んでいる、小ぎれいで、でもわりとあちこちにあるように思えるチェーン店だった。この通りには和食でも中華でも、こういう感じの店ばっかりが並んでいる。たぶん、数年たって別の名前を持ったちがう店になっていたとしても、似ているから変化に気づくことができない。地下の通りにはほかに、雑貨やお菓子が並ぶ一帯もあった。主要駅には必ずと言っていいほどあるユニクロの小さな売場には、男性も女性もたいして変わらないデザインの、薄くて丈夫で軽い、シンプルな無地の服が畳んで積まれている。通路には働いている女の人がお土産用スイーツのパネルを掲げ声を張りあげて、商品の説明を兼ねた客寄せをしていて、ぼんやりと歩いて過ぎる人に無視され続けている。きっとこの通りは看板を立てちゃいけないんだろう。だから看板の代わりに、なにかあったらすぐどこかに退くことができる人間が立っているのだ。

「ああいうの、広告を表示させた喋《しゃべ》るロボットに立たせとくんじゃダメなんだろうかね」

と、涼ちゃんは歩きながら私にではなく、通路の天井に向かって言った。たぶん地上を歩くいろんな人たちだとか、上に建つものの中で社会を動かす仕組みを作っている人たちに向かって。東京の地下街の天井というものはひどく不安定で、ときにぎょっとするほど配管がむき出しだったり、たわんで埃《ほこり》がまとわりついたネットで保護されているだけだったり、ビニールシートとテープで水漏れが塞がれたりしている。東京に来たばかりのころは、こんな天井の下を歩くことが恐《こわ》くてとてもはらはらしていたけれど、今ではもう、ずいぶん慣れてしまった。

店の入口で、店員さんに涼ちゃんの持っていた紙袋とキャリーバッグを預かってもらっている間、レジの横には大きな立方体のリュックを背負った人が立っていた。どこかの家に配達するための、店の食べ物を受け取るのを待っているんだろう、所在なげにスマートフォンの画面を眺めている。自転車に乗るのに最適な、スキニーなタイツにとても短いショートパンツをあわせてはいているその男の人は、スーツ姿の人がたくさんいる八重洲地下街ではすごい違和感があって、なんというか、こんな恰好でこういう場所を大人が歩いていいのかなとつい不安になってしまう、そんないたたまれなさがあった。まだちょっとお酒を飲むには早い時間だった。そのぶんグラスビールを割引しますという内容のサービスが入口の看板に掲げてあった。先にカウンター席に座っていたスーツ姿の男の人はお客さんではなく、たぶんその店の経営に関わる社員かなにかだろう、注文をする気配もなくノートパソコンを開いて作業をしている。ほかの席はほとんど空いていたから、頼んだグラスビールはすぐに出てきた。

私たちは会うたびに、こうしてビールを何杯ずつか頼んで食事をしながら話す。出された食事にひととおり手をつけたころには、ここ数年の近況を語りつくしてしまうのが

いつもの決まりみたいなものだった。ただ今日の涼ちゃんは、最初の一杯に口をつける前から、

「ヤスダがさ」

と、私がその名前を覚えてるかどうかの確認もなく、だしぬけに話しだした。

ヤスダというのは、私と涼ちゃんと同じクラスにいた男子だった。下の名前はなんだっただろう、ヨウイチとかユウジとか、そんな感じだった気がする。頭がわりと良くて運動もできていたと思うけれど、人より目立つタイプというわけではなかった。同じクラスだったのは小学校四年生のころだったから、美形だとか、かっこいいとか、ましてもてていたとかいう個人差もたいしてなかったと思う。坊主頭かそれに近い短髪の、平均よりちょっぴり背の高い、やせっぽちの子だった。たいして仲良しというほどでもなかったヤスダ自身について私が覚えていることは、その程度だ。

ただ、彼の起こしたちょっとした事件とも言えないくらいの〝できごと〟は、すごくはっきりと覚えていた。大きなできごとなんてめったに起こらないくらい、私たちが住んでいた場所はどうしようもないほど小さくて退屈な町だったから。

私と涼ちゃんの、そうしてヤスダの町は、丘にあった。丘の上にはおおげさでもなん

でもなく、人の住まい以外なんにもなかった。学校も丘の下だったので、子どもたちは学校に行くために、大人たちは仕事や買いもののために、丘の下まで行っていた。丘の中でもいちばんの高台から見渡せるのは、小さな駅の周囲に集まる、ちょっとした暮らしに必要な施設と、もっと低い河口の土地に苔《こけ》みたいに広がっている工場群だった。丘に住んでいる私たちのたいていのお父さんと、あといくらかのお母さんは、その見渡せる大きないくつかの工場のうちのどこかでなにかの仕事をしていて、夕焼けのころにバスや車、あるいはスクーターなんかで丘をのぼって帰ってくる。

なんにもない町だったけれど、夕焼けだけは毎日眺めても飽きないくらい、ほんとうにきれいに見えた。夕焼けがきれいなのは空気が汚れているからだ、という話を聞いたのは、私がもうずっと大人になって、あの町を離れてからだ。

私たちが丘の中でもいちばん高台になっているススキの原っぱを歩くと、ときどき服の下から出ている足を鋭い葉っぱで切ったり、知らない植物の種みたいなものが服の裾にくっついて、からんでしまったりした。血が流れるようなことはめったになかったけれど、家に帰ってお風呂に入ると膝から下がピリピリしみる程度のことはしょっちゅう起こった。不快なことはたしかだったとはいえ、このくらいのささいなことで親から服を替えさせられるようなことはなかった。親からはそもそもそんな不快な場所に入らなければいいだけだ、とでも思われていたんだろう。私はべつに、なにかの主義だったり、意地で気に入った服を選んで着ていたわけではなかったし、そもそもその当時の服なんて、自分で気に入って着ていたものだったのかどうかも忘れてしまった。自分で選んだ服について親に言い咎《とが》められるようなことが一度もない子どもだった。そもそも、そのとき自分が着ていた服だって、どんな柄のどういう形のものだっただろうか。

ひょっとしたら世の中の女の子というものは、人生で一度くらいは身に着けた服装について誰か他人に咎められたりした経験があるんだろうか。

ヤスダはクラスでただひとり、町の下に広がる工場で働いていないお父さんを持つ子どもだった。ヤスダのお父さんは、丘の上からどんなに頑張《がんば》っても見ることができないくらい遠くの建物で働いているらしく、この町に帰って来ることはめったになかった。ヤスダはふだんおばあちゃんと暮らしていた。ヤスダのお母さんについて知っている人はいなかったし、それはヤスダにたずねてはいけないことだと、みんななんとなくわかっていた。当時の子どもでもわかるくらいのシンプルな気づかいによって、当時のヤスダは守られていたのだと思う。だからと言っていいのかどうか、ヤスダは誰かに特別いじめられたり、からかいの対象になっていることもなかったし、だから適度にみんなと打ちとけあっているように見えた。

そんなヤスダのしでかした（と言っていいのかどうかはわからないけれど）あの〝できごと〟は、ヤスダのおばあちゃんが亡くなって数日、忌引《きび》きで休んだあとに起こった。秋だったから、寒くもなく暑くもないくらいの晴れた日だったような気がするけれど、正直なところあんまり詳しく覚えていない。そうやって、まわりの記憶をぜんぶ追いやるほど、あの〝できごと〟は私たちにとって強烈だった。

その日ヤスダは、おばあちゃんが大切にしていたという薄い紫色のスカートをはいて登校してきた。彼はなんのためらいやおびえもなく、堂々としていて、周りに気恥ずかしさを感じさせることもなく、だからみんなもヤスダの恰好についてはなんでもないふうにふるまうしかなかった。もちろん先生にしても、女子がスカートをはいて登校しているのに、ヤスダに対して文句を言うことなんてできないのは当然のことだった。ヤスダはその恰好についてふざけているふうでもなかったし、また、特別に女の子の恰好をしたいとかそういう感じでもなく、ただ、いつもの坊主頭で、ふだんよく着ているアディダスのTシャツの下に、スカートをはいてきたのだった。あれは、たぶん女装というふうなものでさえなかったと思う。

そのスカートがヤスダの死んだおばあちゃんのものだということは、ヤスダの家の向かいに住んでいる女子が、最初の休み時間にクラスの女子全員にこっそり打ち明けてきた。以前、参観日にやって来ていた彼のおばあちゃんはかなり小柄だった。あの時点でもヤスダのほうが背が高かったくらいだ。ただ、ヤスダがはいてきていたスカートは、ヤスダのくるぶし近くまであるほど長いものだった。しっかりとした厚手の布地のスカートには縦のプリーツが裾までくっきりついていて、体の前面に、同じ色の布地の太めのリボンが垂れ下がっている。ヤスダの細くて長い足に、そのスカートは良く似合っていた。

とはいえたいした事件なんて起きない日ばかり続くのが当然の学校だったから、ヤスダのスカート登校はけっこうな大騒ぎになった。休み時間にはうわさを聞きつけた子どもがほかのクラスからも見物に来た。

あのときたぶん、私たちのクラスのみんな、特に一部の力強い女子の間では、

「ヤスダのことを守らなくてはいけない」

という暗黙の結束っぽいものが、午前中のほんの短い時間で芽生えていたんだと思う。私たちは好奇の目を向けるほかのクラスの子どもたちからヤスダが視界に入らないように、遮るかたちで立ったり、わざとらしくヤスダにふだんどおり以上にふだんどおりのそぶりでふるまったり、中には廊下を歩きながらこちらを見る男子に向けて、あからさまに睨《にら》んでみせる子もいた。

ようは、あのとき初めて私たちは明確に、自分以外の誰か、家族ですらない他者を、自分を守るのと同義に守らなければならないと思っていた。ヤスダが私たちより強いとか弱いとかいうことは、この際あんまり関係がなかった。

というか私たちは、あのとき一瞬でも、スカートをはいたヤスダを弱いなんて思っていただろうか？　守ってあげなければならないような儚《はかな》いもの、同情するべき可哀想《かわいそう》なもの、たとえば雨に濡れた子猫だとか、アスファルトの上で体を半分つぶされたミミズと同じようなものだったとでも？

とにかくあのとき、この件でヤスダを守ることは自分を守ることと同じ意味を持つのだ、とでもいうふうな確かな共通認識が、私たちみんなの胸に生まれつつあった。

ヤスダが自分の恰好について明確に、担任の先生に意思を示したのは、体育の時間の前だった。

「このままじゃだめですか」

と質問をしたヤスダになんと伝えて説得をしようかと、先生は困惑しているようすだった。いっぽうで私たちは、ヤスダが体操着に着替えなくてもいいように、つまりそのままの恰好で徒競走ができるようにと先生に直談判《じかだんぱん》をした。

「でもその恰好じゃ動きにくいし、怪我《けが》をしたら困るでしょう。ヤスダ君にだけ着たい服を認めちゃうと、ずるい、ほかの人も、ってなってしまうかもしれないし」

と言う先生に対して、たしか涼ちゃんが、

「私たちは、好きな服を着て走りたいなんて思いません。でも、今の時点では、ヤスダはこの服をどうしても着たいと考えています。それを、みんなずるいとかいうふうには思っていません。それに、危険だと言うんなら、私たちはふだんそういう危険な服を着て歩いたり学校生活をさせられているのだということなんですか。ヤスダがもし転んだり、いつもと同じに動けていないと、周りで見てわかるようであればそのとき着替えさせちゃだめなんですか」

という内容の主張をし、私たちも全員それに賛同をして、その日ヤスダはスカートで体育の授業をすることになった。

そうして、ヤスダはその日、おばあちゃんのスカートで五十メートルを走り、非公式ながら小学生の県の学年記録を更新してしまった。

そうだった。

私はあのときの、ヤスダが後ろに長く引き残すみたいに裾をひらめかせて、スカートをいっぱいに広げて、空を飛ぶみたいに進んでいく姿をはっきりと思い出すことができた。足は三歩に一歩くらいしか着地していないふうに見えたし、その姿からは重さがまったく感じられなかった。あのときの坊主頭のヤスダは、坊主頭なのに天女とか女神とか、そういったものに見えた。当時はみんなそう思っていたんじゃないだろうか。ゴールしたときの、息を弾ませたヤスダを見ている周りのみんなは男子も女子も顔がすごく真《ま》っ赤《か》だった。だからきっと私も同じだったと思う。

その日からしばらくたっても、ヤスダはスカートで学校に来るのをやめなかった。あんなことがあってから、いっそう先生もヤスダの恰好についてなにか言うことに注意深くなり、私たちもヤスダがその恰好のままで心地よく過ごせるように心を砕いていた。たしか一度、ヤスダの足が切り傷だらけになっていることに気づいて声をかけたことがあった。私が、

「あのススキの丘に行ったの」

とたずねるとヤスダは頷《うなず》いて、

「女子の足って頑丈なんだな」

というふうなことを話した。あの鋭い葉っぱの攻撃に慣れていないヤスダの皮膚は、私たちの足よりも痛々しく傷ついてしまっていた。

「私だって、あそこに行ったらたいてい、いっぱい切るよ」

「じゃあなんで、みんな足出してんの」

ヤスダの問いに、私は答えることができなかった。ほんとうにわからなかったからだ。というか、今でもわからない。そう言われてみればあのときヤスダと話したように、どうしても着たいと思う服なんて今までずっとなかった。なのに、なんで私はあの丘にスカートで行っていたんだろう。たまに気まぐれにちょっとした傷がつく程度だったから、それのための準備をすることが重要だとも考えていなかったのかもしれない。つまり、私たちにそんな重要な問題が起こるはずがないと信じこんで毎日を過ごしていたとも思える。

「あと、スカートってめんどいんだよな。洗って、アイロンかけないといけないし」

とヤスダは笑った。

「私そんなこと、したことないよ。えらいね、ヤスダ。まじめだね。しかもアイロンがけ、きれいにできてる」

「触ってみるか」

ヤスダが、笑った顔のままスカートの前裾の布を両手の指先でつまんで持ち上げ、私のほうに差し出してきた。そうされて気がついたのは、その生地が実際思っていたのよりもずっと長いもので、ヤスダはTシャツの下、胸のちょっと上あたりからそのスカートをはいていることだった。これは巻きスカート状のもので、前のリボンで縛って留めるのだ、とヤスダが教えてくれた。ややこしいやり方だけれども、おばあちゃんがやっているのを見ていたから覚えていたんだ、と。そっと触れると、しっかりとした厚手の、パリッとした布地だった。これが、ヤスダが走るとあんなふうに空気をまとってなびき、翼に見えたのだ。重さがないどころかヤスダの重ささえも引き受けていると思えていた。そのことが、なんだか信じられなかった。

「いい生地だね」

と私が言うとヤスダは嬉《うれ》しそうに、

「すごく高級なものらしい」

と答えた。

「だろうね。こんないいスカート、私、いちどもはいたことないかも」

私はそんな内容のことを、いろんな言葉を使ってくり返し言いながら、しばらくヤスダの差し出すスカートの裾の生地をもんだりさすったりしていた。こうして人に差し出されたスカートを触ったのは、私の人生であれが初めてで、その後もない。いちどきりの体験だった。

もともと運動ができるヤスダの足は、スカートをはいて走りはじめてから本格的に速くなって、測るごとに県の学年記録を更新していった。たまに冗談半分でほかの女子のスカートをはいて試しに走った男子もいたほどだ。当然だけれど、彼はまったく速くならなかった。

ヤスダが県大会に出るかもしれないということになって、いよいよヤスダのスカートの危機が迫った。クラスの授業なら、体操服を忘れた子と同じ扱いで先生の判断になるけれど、県の大会となったらそうはいかない。女子も男子も決まった運動着とゼッケンを身に着けさせられる。ここでどう立ち回れば、ヤスダのことを守ることができるのだろう。と、クラスの女子たちは、大きな危機感を持って幾度か会議をして対策を練っていた。

「で、結局、ヤスダってどうしたんだっけか、県大会」

と私がたずねると、大げさにびっくりした顔で涼ちゃんは、

「え、ほんとうに覚えてないの」

と逆に質問してきた。私は、

「だって、涼ちゃんはヤスダとも仲が良かったし、あのときヤスダを守る会の会長みた

いになっていたけど、私のほうはそんなふうでもなかったし」

と答える。

「だってあのとき、ナベちゃんだって私たちといっしょにすげー泣いてたじゃん」

「まじで、全然覚えてないや」

あきれて笑った顔のまま、しばらくの間考えてから涼ちゃんは、

「ヤスダ、宇宙に行くんだって」

と言った。あんまりに脈絡なく突然だったから、意味がわからなかった。

「こういうのって、誰かが調べてくるもんなんだよね。あの小さい町のどこにそういう能力を持った人がいるのかわからないけど」

そう言いながら差し出して来た涼ちゃんのスマートフォンの画面には、英語の記事が表示されていた。内容はほとんど読めなかったけれども、タイトルの太字部分だけはなんとなく意味がわかった。そうして写真には辛うじて面影があった。

「ああ、ほんとだね、言われてみればヤスダだ」

「でも、言われてみれば、でしょう」

たしかに記憶の中のヤスダの姿はぼんやりしていて、別の成人男性の写真を出されれば、それをヤスダだと思えたかもしれないくらいあいまいだった。そう考えながら液晶

画面に見入っている私に、涼ちゃんは声をかけてきた。

「県大会の直前、ヤスダ、海外に引っ越してっちゃったんだよ」

私は、さっきの涼ちゃんの言葉のほうがまちがいで、実際は宇宙ではなく海外に行っただけなのかも、と思ったけれどそうではなくて、

「それで今度、宇宙に行くの」

記事の内容を町の人たちの誰かが適当にサイトで翻訳したところ、海外で暮らしていたヤスダは成長して、名前と国籍がちょっと変わり、いろいろあって宇宙飛行士になるらしい。ヤスダは今そういう宇宙に行くための施設で働いていて、これから何年か後にそういう計画みたいなものがあって、うまくすれば参加できるかもしれない、ということのニュースがあの小さい町に届き、すごい騒ぎになっているという。ほんの短い間でも暮らしていた人がそういうふうに有名になったもんだから、昔からあの子は優秀だったとか、みんなで勝手なことを言っているんだろうな、と想像がついた。

ダイバーシティとかマイノリティとか、私はその言葉の意味だけは知っている。けれど、自分たちの言葉としてどこかぴんときていなかった。

「なんかね、最近の宇宙計画って、世界中にいるいろんな種類の人間を宇宙に送りましょうってことになっているんだって」

と、口を尖《とが》らせてその先っぽでビールグラスをくわえたあとに続けた涼ちゃんのその言葉を聞いて、私はヤスダのことをいったいどんな種類の人間だったか、と思い返す。見た目は私たちとまったく同じ東洋人で、日本語を話し、頭がそこそこ良く、体が細くて足が速かった。でも、それ以上の特徴が思い浮かばなかった。だいいち子どものころの人間なんて、そんなにたくさんの種類にわかれるような特徴はないように思えた。人間なんていうものは、大きくなるにつれて、環境や社会によってだんだん人格に特徴なんかが出てきて、そうやって種類みたいなものが生まれていくのかも。

私はどんな種類の人間だろう。

変わんないなあ、と、変わらない涼ちゃんから言われるくらいの私が、大人になってから自分自身で獲得した、特別な特徴なんてどのくらいあっただろうか。

涼ちゃんは、ヤスダのスカート事件のとき誰よりもヤスダを守ろうとしていた。当時、なにもわかっていない子どもの私たちでさえ、先生とか大人のいろいろな言葉や視線に気がついていた。周りの好奇とかといったほとんど無自覚だけど意地が悪いほうの考えだけでなく、困惑や気づかい、ためらいといったちょっとした善意に由来するものまで、いろんなものから涼ちゃんは必死にヤスダを守っていた。たぶんあのとき、ヤスダは女の人の恰好をしたかったわけじゃなくて、おばあちゃんの形見のうちでいちばん気に入っていたものを身に着けていただけだったような気がする（ただこれも、気がする、という程度のことだけれども）。そうして、おばあちゃんがたまたま女性だっただけで。

とにかく涼ちゃんはヤスダのことが異性として好きとかそういうのとは別に、ほんとうにヤスダを大事にして、守っていたんだろう。だけど、それをやっぱり男女の好きとごっちゃに考えてしまう男子とか女子はいて、それさえも当時の涼ちゃんを苦しめていたと思う。だから今こんなふうに、子どものころからのあらゆる困難にずっと向き合って頑張っていたヤスダの手柄に後乗りするみたいな町の騒ぎを、きっと涼ちゃんはあんまり、というか、かなりおもしろく思っていないんだろう。

「ヤスダ、なんで海外に引っ越したんだっけ」

という私の不用意な言葉にも、涼ちゃんはひょっとしたら、私があの町の大人たちと同じような薄情さと能天気さを持っていると考えたのかもしれないな、といっしゅん申し訳なくなった。

「冗談じゃなくてさ、ほんとうに覚えてないの」

と念を押すふうに聞き返してきたあと、グラスの底の隅に残っているあんまりおいしくなさそうなひと口ぶんのビールを惜しそうに飲んで、

「ヤスダは、あのとき日本人じゃなくなったからだよ」

とだけ言った。

そこでまた、私は思い出した。

ヤスダのおばあちゃんがずっと大切にしていたあのスカートは、おばあちゃんの故郷の、アジアに存在する国の民族衣装だったということを、あのときヤスダは私に話してくれたんだった。当時の私は、その国については名前しか知らなくて、現在の私は二回その国に行ったことがある。ようするにそのときの私と、今の私の間の期間には、二度、その国に関する経験が存在した。現地であのスカートに似たものを目にしたこともあった。なのに、今までそれがヤスダのスカートと記憶の中でうまく一緒になっていなかった。だって、坊主頭の男の子がTシャツの下にはいているのと、きれいにおめかしした女性が着ているのとでは、もう雰囲気からして全然ちがって見えるし、民族衣装というものは全身一式で身に着けてやっとそれだと判断ができるものだ。着物の帯だけをスーツに巻いたって意味がないように。つまり、私たちはその国の景色や文化を含めて民族の服装を見ているのかもしれない。

ヤスダのおばあちゃんは、娘時代にあの服を持たされた。たぶんそれは嫁入り道具か、あるいはそのまま花嫁衣装だったんだろう。ヤスダの家族写真、写真館に行って撮るような肖像写真には、必ずおばあちゃんがこのスカートを身に着けて写真に納まっていたのだと聞いていた。もちろん、遺影の写真もその服を身に着けて撮られていたらしい。とはいえ、遺影というものはせいぜい首より若干下あたりまでしか写らないから、そのスカートであることはわからなかっただろうけれど。たたまれて棺《ひつぎ》に入れられる寸前だったそのスカートを、ヤスダはどうしてもと言って譲り受けたんだそうだ。

子どものころの私には、ヤスダのスカートが形見だとかいうことよりも、どこか別の国の民族衣装だということがとても新鮮に感じられた。日本人の着物は、男と女で形がちがえどもいちおう同じような筒形の服だから、あんなふうに今の人が着てもふつうに見えるくらいのシンプルなデザインのスカートが民族衣装だということも意外に思えたのだろう。——そういえば、着物はスカートにカウントしていいんだろうか？

私はあのときの、しっかりとした布地の手ざわりを思い出す。最新の服は男女関係なく細い繊維で作られた薄くて軽いもので、見た目よりずっと暖かい。ずっしりと重く厚い布地は、長く高級なものの証《あかし》だったんだろうけれど、今、皺《しわ》になりにくく、破れず、暖かく、シンプルな、貧富や男女に大きな差のない服を多くの人が身に着けることは私たちの文化だし、つまりこれが今の私たちにとっての民族衣装なんだとも思う。

スカートというのはひょっとしたら、人類最初の服なのかもしれない。というか、人が身に着けた最初の衣服が現代でいうワンピースみたいなものだったろうということは、なんとなく想像がつく。といっても私にはそういう考古学とか文化史についての知識がないから、せいぜい思い描くのは博物館で見た古代人の再現マネキンが身に着けていた麻っぽい素材の貫頭衣だとか、あるいは毛皮を繋《つな》いで被《かぶ》れるようにしたものくらいだった。人類の衣類にズボンなんていう縫製が面倒なものが生まれたのはきっともっとずっとあとで、動きやすいとか、戦うときに安全だとか、ようはちょっと強くて豊かな人たちが身に着けられる贅沢品《ぜいたくひん》だったんじゃないだろうか。

いったいなぜ、人間はズボンをはき始めたんだろう。どんな理由も今ひとつぴんとこない。私はなんとなくはっきりとした理由を知りたくなって、自分のかばんからスマートフォンを出した。なんどか検索をかけてみると、人が初めてズボン状の衣服を身に着けたのは、馬に乗るようになってからだということが書かれているページが表示された。人にズボンなんていう複雑なものをはかせたのは、どうやら馬という生き物の存在と、それに乗るという人類の発明のためだったようだ。馬にとっても迷惑な話だったろうと思うけれど、考えてみれば、たしかに馬に乗るのなら、人が走るよりもずっと速い。その速さのために多少不自由なズボンをはいたのなら納得ができた。いくらスカート状の服で速く走れる技術を持つ人がいたところで、馬に乗るという行為にはうんと足らない。スカートで馬に乗る人はきっと長いこと、横座りのようなかたちで済ませていたんだろうと思う。さぞ不便だったにちがいない。

私は以前に旅先で見た、暑いハノイの夜の街を走るカブの後部座席に座ったアオザイの女性を思い浮かべながら、満足して液晶画面を消すとかばんの中に戻した。横向きに座った女性が着るアオザイのなびく裾は、カブの排気が吹き出てくるマフラーにかからないよう慎重に、角度にも方向にも注意が払われていた。そうか、走るよりもずっと速い乗り物に乗るのに、人はズボンをはいたんだ。たとえば馬だったり、カブ、あとは……宇宙船。

そうして次に私は、数年前に見たドキュメンタリー映像のことを思い出していた。南米あたりにいた少数民族は雪が降ったり湖が凍ったりするくらい寒い場所に暮らしていたのに裸だった。彼ら民族は、民族衣装を持っていなかった。その後大航海時代だったか、ヨーロッパから来た宣教師に親切心から与えられた服によって彼らの生活の中で雑菌の繁殖が起こり、その民族が大量死してしまうという悲劇が起こった。服装というものは、衛生環境や住んでいる場所と、きっとすごく絶妙なバランスを保ちながら発展してきたんだろう。温暖で多湿な日本の夏の浴衣《ゆかた》だったり、熱帯の草を編んだ蓑《みの》だったり。ときには服を着ないことさえ身を守る方法だったりする。ズボンだからより身が守られるのか、スカートだから安全なのか、そんなことはどの国のどの人か、男性か女性か、子どもか大人かなんかとは似ているようで、でもまったく別問題のようにも思えた。

そういえば私が今まで見たことのある民族衣装とかいうものは、たいてい男性と女性で見た目ではっきりとしたちがいがあった。今の私たちが着るTシャツやジーパンみたいな、男女関係ない服装がふつうの文化になってから、女装や男装という考え方はすごいスピードで変わっているのかも。世界から民族衣装がなくなって、そのまま服装による性別のちがいはどれだけ変わるんだろう。たとえばスカートが男女ともふつうに着ることのできる服になったら、女装とかいう概念はどのくらい滅びに近づくんだろう。

「こんな勘ちがい、みっともないことだってわかってるんだけどさあ」

と、もうだいぶいい気分になっていた涼ちゃんは、

「ヤスダの今のことを知ったとき、私たちがヤスダを守ったから、ヤスダは宇宙に行けたのかもしんないって思っちゃったんだよ」

と続けた。

みっともない、と思う涼ちゃんの気持ちが、私にはよくわかった。涼ちゃんのその希望に満ちた前向きな勘ちがいは、町の住人たちの大騒ぎと、はたから見ればほとんど同

じように扱われてもおかしくないものだったからだ。あのときの友だちが、なにか大きなことをしでかそうとしている、嬉しい。なんかやる子だとは思っていた。あのころから優秀だった。そんなふうに騒ぐあの町の人たちと同じようなものだと感じるということは、涼ちゃんにとってすごく気分が悪いことなのかもしれない。

ただ、私や涼ちゃんはたしかにあのとき、ヤスダを守ったんだ。私たちを代表しているわけでもなんでもないヤスダのことを――それが、自分の自尊心の勝手な投影だったとしても――結果的に私たちの訴えが通って、ヤスダはあのとき、スカートで疾走した。私たちはそのぴかぴか光る姿をずうっと、覚えているんだった。そうしてそのヤスダが今、近い未来に宇宙へ行くかもしれないのだった。

新幹線の時間が近づいてきたから、涼ちゃんと私はお会計を済ませて地下街を改札のほうまで歩いた。私の数メートル前を歩く涼ちゃんのキャリーバッグは、会ってすぐのときは黒いから目立たなかったけれども、近くで見ると角のあたりが擦《こす》れてほつれたりしていた。私のほうだって、パンプスのかかとの部分はだいぶ削れてしまっている。何年も変わっていないはずの涼ちゃんの恰好も、私の恰好も、よく見ればちょっとずつ変わってきていた。肌の色にしたって、徐々にだから気づかないだけで、この化粧下地はもう自分に合わなくなってきているのかもしれない。それでも、新しいものを買うときに私たちは同じ無難な、なんなら型番さえも同じものを買ってしまう。

もし、スカートこそが走るのにいちばん適した服なのだとしたら、民族衣装でスカートをはかされた花嫁は自由を求めて森の中に逃げて行ってはしまわないんだろうか。ヤスダと同じで、スカートが走るのにいちばん都合良いと思うような女性もいたなら、その不遇から逃げおおせるためにスカートを翻《ひるがえ》してしまわないのだろうか。足をああやって空中で掻《か》いて、ススキの葉で足を傷だらけにして。

あの重たくてしっかりした布が、ヤスダの体をあんなふうに浮き上がらせていたんだとしたら。ヤスダは、その布にしみこんだおばあちゃんの想《おも》いがあったからあんなふうに走ることができていたのかも、なんてことも思う。

涼ちゃんを改札のところで見送ったあと、私は自分の、ストッキングに包まれた足を見おろす。あのときしょっちゅうこしらえていたススキの葉の切り傷は、もう跡形もない。たとえうっすら残っていたとしても、それくらいならストッキングが隠しおおせてしまう。子どものころにどれだけススキの丘を転げまわっていても、そんなところには立ち入ったことがありませんといった育ちかたをしていても、大人になった私たちの足は、なんとなく同じように平凡に成長してしまうのだった。

以前、この地下街に入るどこか細い階段のうちの一本を下りるところでおおげさに転んでしまったときのことを思い出した。あのときはまだなれないパンプスとタイトスカートで歩幅が不自然になり、歩きなれない地下街を上ったり下りたりしていたからかもしれないし、毎日毎日こなしては失敗する就職面接に疲れきりうわの空で、集中力が切れていたからかもしれない。今となってはよくわからないし、もっと言えばそれら全部が理由だった気もする。スマートフォンを見ていたわけでもないのに、あと数段で階段を下りきるというところでつんのめって、膝を折ったまま残りの数段を滑り落ちた。ストッキングの脛《すね》のあたりを大げさにすりむき破ってしまって、かばんの中身がいくつか前に飛び散った。気持ちの上では泣き出す寸前だったのを、誰にも立ち上げてもらう必要はありません、助けなんていりませんとでも宣言するように、すぐさま立ち上がって、かばんの中身をかき集め、なんでもない顔で、でもちょっとふらつきながら歩き出したときの景色は、いつもとまったくちがうふうに揺らいで見えた。あれはどういう脳のしくみによるものだったんだろう。自尊心が地下街の地面よりも深くに落ち込んだときにだけ見える、うっかり自分だけが見えてしまった景色みたいだった。

現在のヤスダのことを考えてみる。でも、まあ当然なことに、そうして残念なことに、どんなに思い返しても私の中でヤスダはさっき見た写真のヤスダではなく、細い手足で坊主頭をした、あの当時の子どもだった。もちろん、スカート姿の。

スカートの不自由さは、物理的に制限されている部分だけではないのかもしれない。だから男性が女性と同じようにスカートをはいたとして、同じ不自由さを共有するものではないと思えた。ヤスダがああやって飛ぶみたいに走れたからといって、私や涼ちゃんやヤスダのおばあちゃんがそうはできなかったように。

現在のところ、人間がいちばん速く移動できる乗り物であろう宇宙船の中で、スカートははけるんだろうか。たとえばスター・トレックなんかで、ハリウッド女優が演じる乗組員が宇宙船で着ているタイトなドレスとか、アオザイみたいなどこかの民族衣装？

私が見たことのある宇宙服はどれもズボンだ。宇宙飛行士は女性も男性も同じ服を着ている（ふうに見える。ただ、やっぱりなんらかのちがいはあるのだろうけれど）。ソビエトで世界初の女性宇宙飛行士と言われていた人も、つなぎになっているズボンをはいていた。あれはどう考えてもファッションにもとづいた形状じゃない。どちらかというとその特別なロマンが姿のかっこよさを補強しているという逆進性がある。けれどこの逆進性はどんなものにも当てはまるものだ。ヤスダのスカートだって、私が面接を続けて転んでしまったときのスーツだって、時代や身に着ける人によっては恰好良いと思われうるものだ。そうしてあの宇宙服は、今の私や涼ちゃんが着ているスーツはもちろん、ヤスダがはいていたおばあちゃんの花嫁道具のスカートよりも最新式で、科学的な技術に裏打ちされ、とんでもなく高価なはずなのに、この上なく動きにくそうに見える。

馬よりカブよりずっと速い乗り物に乗るための、ひどく不自由なズボン。

ところでヤスダは今、どんな場所で、どんな恰好で地面に立っているんだろう？　私は空を見上げる。私たちの食事とか会話とか思想、感情のすぐ上を覆っている地下街の天井は、もうずっと心もとなくて、あちこち水漏れがしていて、しかも痛々しいくらい黒ずんだ埃まみれだ。くたびれた仕事用の服を着てビールを飲んで、懐かしい話をしている私たちの頭上は塞がっている。その上に建つ大きなビルのそれぞれの層には空を奪われた街が広がっていて、そのいちばん上には、あのときの薄紫をしたスカートをなびかせたヤスダが立って、夜空を見ているのだ。

私たちが、彼を宇宙まで連れて行ったという気持ちは、いちおう希望として大事に抱きかかえておきたいのだ。それがどんなに恰好悪い、涼ちゃんや私を落ちこませるほどのひどい勘ちがいだったとしても。

あのスカートをはいて、ヤスダは無重力の宇宙を走ることができるんだろうかということを、私はうるさくてたまらない地下鉄に乗っている間、ずっとずっと考えていた。

あの細く長いけれど私たちよりずっと傷つきやすい足で空中を、必死に掻いて走っていたあのヤスダなら、きっと、と。

透明な街のゲーム

【今回のオーダーは、愛を感じる一枚です！　今日もはりきってどうぞ】

今日送られてきたこのお題を見ていたら、なんだか心からげんなりしてしまった。こういうタイプの写真を撮るのが、昔からずっと苦手だった。部屋に取りつけられたカメラに映らないような場所に移動して、注意深く溜息《ためいき》をつく。その後立て続けに、毎度決まりごとになったアナウンスが届く。

【今回のオーダーは明日の昼までにアップロードしてください！】
【あなたの今の順位は64位です！】
【前回のオーダーのトップは２２６９票を集めた、サンシャイン∞さんです！】
【３００位以下の方は脱落です！　残念！】

このゲームに参加していると思われる古参のインフルエンサーのうち、これ系のお題にぴったりの、エモーショナルでセンチメンタルな雰囲気のある写真を得意にしているアカウントは、思いつくだけで数十人いる。そのうえ今回ほど大規模なものだったら特に、参加者の中にはプロとして撮影の仕事をやっている人もたくさん混ざっているだろう。そういう人たちはもともとどんな注文もこなさなければいけない世界で生き残ってきたわけで、その中でおれみたいな参加者がどのくらい票を獲得してランキングに食いこめるか、正直なところ自信はぜんぜんない。でも、ここにくるまで何枚かの写真がそこそこ悪くない程度に票を集めてきていたから、今回のお題についてはとりあえず無難な一枚を出してさえいれば、即脱落ということにはならなそうだった。すくなくともなんらかのそれっぽいものを提出しておけば、きっと、数日はなんとかなる。

歯を磨きながら端末でストリートビューをたどり、いくつか雰囲気のある場所の目星を付けて、ルートの設定を済ませる。天気は昼すぎまで曇りだけれど、夕方からは晴れてくるらしい。昼は駅前の繁華街か、もしくはどこか下町の商店街を回って、夕焼けがきれいな時間に百貨店の屋上に上がり、遊園地の残骸《ざんがい》があるところでも回ろうか（多くの人はなぜか遊園地の残骸が好きだ。とても感傷的な気持ちになるらしい。自分たちが行かないことで残骸化したにもかかわらず）とかなんとか考えながら、朝方に受け取っていたミールボックスを開けた。中にはゼリー飲料と野菜ジュース、シリアルを固めてチョコでコーティングしたバーと塩味のビスケット、ブロックタイプの栄養食、ミネラルウォーターのボトルが二本。あとはピルケースにお決まりの栄養錠剤と、そうしてボックスの一番底には、水色のラムネ菓子みたいなクスリが入っている。無くさないようになのか、これだけいつもやたら大げさなシートに一錠だけ入って、箱の底に貼りつけられている。シリアルバーを齧《かじ》ってボトルを開けて水を飲み、ついでにそれらの錠剤を一気に流し込む。朝のルーティンで、もう体は意識しなくても動く。ゼリー飲料とビスケットは昼ごはんとして、水のボトル一本といっしょにカバンに突っ込んだ。

箱の底に貼りついていた水色の一錠は、この国の人間の命を最低でも一日はつないでくれるものだった。あの病気を完全に治せる方法が見つかるまで、みんないちおうは平等にこの一錠を一日ずつ与えられることになっている。二週間分とか地区の代表とかにまとめて配ったほうがずっと楽だろうけれど、そうすると経済や権力、あるいは暴力などによる格差を生む危険があるという話にでもなったんだろう。手間と優しさとひとまずの平等を天秤《てんびん》にかけて、最終的にこういうまどろっこしいシステムが採用されたのかもしれない。カバンを担いで、最後に耳に引っ掛けたライフログカメラを起動させると、

【おはよーございまーす！　がんばってくーださい！】

と、たぶんどこかの有名なＶＲキャラクターの声を担当しているらしい自動音声が耳元に響いて、いっそう元気を削《そ》がれながら玄関を開ける。

日中はずっと曇り、といっても雨の降る気配はなさそうだった。こういうときはチャリに乗っていても体力の消費がすくないから、疲れることなく遠くまで行ける。メトロはいまそうとう減便されているし、駐輪の場所だとか突然の通り雨に対応しやすいのは、結局のところシェアサイクルなんだと最近気がついた。アパートの最寄にあるポートまで歩いて、一番まともそうな一台を引っぱり出してまたがる。たいした撮影技術がないにもかかわらず自分がここまでゲームに残れているのは、この街のランドスケープが体に染みついているからだった。生まれたときから、専門学校を卒業して今もずっとこの街に暮らしている。それに、いちばん長く続いているバイトはフードデリバリーだったから、地区の名をきけば街のあちこちの景色はわりとすぐ思い浮かぶし、頭の中で好きな構図に切り取ることができた。

この、なんだか寒々しいほど明るく高いテンションのためにいまいち完全にのりきることができない雰囲気のゲームは、オンライン番組として収録されている素人《しろうと》参加型のリアリティショーだった。これらはウェブ放送局とその主要配信者のクラウドファンディングで運営されるイベント会社の制作で、都市封鎖のあいだ街の一部を有効利用するために企画、開催されているという。このことは応募時のサイトで説明されていた。

かつて放送されていた、この会社のイベントをいくつか見たことがある。貸し切りにした遊園地や閉店後のショッピングモールなんかを会場にしてゲームを行い、それをネットで放送するものだった。チャンネル開始当初のイベントは、ほとんどすべてがシンプルな鬼ごっこゲームだった気がする。プレイヤーに取りつけられたライブカメラと会場内の防犯カメラをザッピング編集しての実況は、画質こそたいしてよくなかったけれど、そのことを逆に利用した見せ方の工夫で、防犯カメラの証拠映像で観察するデスゲームっぽい緊張感を生んでいたりして、なかなか人気があった。

いま、この都市がこんな状況になって、国や自治体の偉い人がせーので号令をかけたから、街の通りには誰もいなくなっていた。号令をきく人が思いのほか多かったのは、それぞれの命が、クスリや医療体制、家族の既往症という間接的な考え方で人質に取られているからだった。ろくな罰則もないのに、街の中に暮らしていろいろ割を食っている側の人間同士によるやさしさとか思いやりだけで、このゴーストタウンができあがった。街全体は貸し切りの遊園地状態になっている。そんな今までのイベントをもっと大がかりにやりやすくなった街に目をつけたそのイベント会社が、自治体と話をつけて一部の設備やエリアをゲームで利用できるようにしたのだそうだ。

ゲームに参加するには、応募者の中から審査を経て選ばれる必要があった。なにがしかの配信者であることが応募条件らしいのだけれど、単純にフォロワー数だけで選ばれているわけでもなさそうだった。中には、昔に作りっぱなしにした個人の趣味ホームページの掲示板運営という実績だけで参加している年輩のフォトグラファーもいるらしい。そうでもなかったら、おれみたいにチャンネル登録者数もたいして多くないような動画配信者がこのイベントの参加者に選出されるとは、とてもじゃないけれど思えなかった。

参加する前までは自分のアカウントなんて長いことほっぽりっぱなしだったし、もともとがこういうものにあんまり向いていない自覚があった。不自然にテンションをあげた自己紹介だったり、ちょっとしたハプニングでおおげさに転んでみせるとか、歩いていて野良化した犬や猫に遭遇して必要以上におっかながったり可愛《かわい》がったり騒ぐことは、おれの性格上、かなり難しいことだった。加えて、そういった努力を放棄してもいいと自信を持てるほどのアイデアや技術もない。ただ都内をうろうろ散歩するのが好きで、専門学校時代に写真や映像制作をちょっとばかり学んでいただけのことだ。だからアカウントを作ってあちこちを撮り、配信していれば、多少は趣味にもかっこがつくかと思って始めたんだった。ただ結局配信は早々に飽きて、趣味の都内うろうろは、フードデリバリーのバイトにとってかわった。なんとなく始めてみると、マニュアルやシステムにぼんやり守られたこっちのほうが、人と接するのが不得意なおれにはずっと性に合っていて、動画配信はすっかり放ったらかしになっていた。

このゲームは、誰もいない街を使ったリアリティショーだけれど、今までのシリーズみたいにデスゲームとは名ばかりの鬼ごっこでも、協力してゾンビを倒す物語風のものでもない。そういうタイプのルールだと、さすがに自治体の許可が下りなかったのだろう。カメラも防犯用のものは使用を許されていないようで、防犯カメラに似せた撮影機を街中や参加者の部屋に取りつけ、タグのついた参加者だけを時間限定で撮影している。

このゲームのルールはすごくシンプルで、おれたちがやるべきは風景を撮ることだけだ。各参加者は運営の設定したアカウントに、提示されたテーマに沿った写真あるいは短時間のクリップムービーを撮ってアップロードする。被写体は〝この街〟だ。一応プライバシーや著作権を守るちょっとしたルールはあるけれど、街の中であれば基本的にどこを切り取っても構わない。そもそもこの周囲に一般人はいないのだから、写りこむ心配もない。画像が参加者の票を集めればゲームから脱落することなく明日以降も写真を撮ってアップロードすることができるらしい。最後のひとりまで残ったら、それが勝者になるのだそうだ。要はSNSやオンライン配信者に対して、普段の生活を含めて、一緒に応援しながら体験する、というようなノリだろうか。

勝者にはもちろん、自分みたいな種類の人間がしばらくの間ふつうに稼いでも到底届かない額の賞金だって出る。だけど、たぶん多くの参加者が目的としているのはそれだけじゃなかった。たいていは自分の撮ったものをなるべくたくさんの人に見てもらいたい、そうしてあわよくば自アカウントのアクセス数を飛躍的に伸ばしたい。ありきたりではあるけれど、そう考えているんじゃないだろうか。最悪このゲームが完全なタダ働きに終わったとしたって、その後個人アカウントの閲覧者が増えることにデメリットなんてほとんどない。逆を言えば、そこそこのんびりできる賞金を得たとして、SNS配信の頻度がちょっと下がることはあり得るかもしれないけれど、アカウントを消す人なんかいないだろう。もともとが、一円でも手に入るなら喜んで画像や動画をアップし続けるような人たちばかりだ。それに、リアリティショーがリアルを名乗っている以上、その後も参加者全員の生活は続いていく。現実というもの自体が連続していて終わらないからだ。こういう番組の中には、予選会の選考からドキュメンタリーとして放送するケースもあり、終わってからの生活を追ったりする別の番組も作られる。番組として良いリアリティショーは、グラデーションで徐々に始まって徐々に終わっていくものだ。そういった意味ではアルファSNSユーザーや配信者の参加するリアリティショーは、閲覧者にとって理想的だった。ソシャゲと同じだ。エンディングなんてものは存在せず、彼らが興味を失って閲覧を忘れるときがショーの終わりになる。

　大きな建造物に人がいないという状況は、どこの風景も新鮮に見えてワクワクした。ジャンクションを走っているのは物流用の大きいトラックぐらいで、一般道はときおりフードデリバリーのキャノピーバイクや自転車が、道の真ん中を気持ちよさそうに走っている。道がすいていて路駐の車もすくないので自転車には最適だった。上空を見上げると、ヘリコプターやドローンみたいな小型機が、意外なほどしょっちゅう飛んでいる。まあ、もともとこのぐらいいたのに、地上が騒がしかったから気づかなかっただけかもしれないけれど。

　そういう街の中身が空っぽに見える現在の状態を、いろいろと切り取って見せるのは楽しかった。写真や動画は、おれみたいに特別な能力のない人間が時間の流れを止めたり、あるいはゆっくり、また早回し、そうして逆回しにさえできる、ささやかな方法のひとつだからだ。

ゲームが始まってはじめのうち数日は、画質にこだわったものをアップしようと動画用と写真用のカメラをいくつもぶら下げてうろうろしていたけれど、もういまはカメラ機能のついたモバイル端末だけになってしまった。ポケットからすぐ取り出せるし、充電しながら使えるし、バッテリーの持ちもさほど悪くない。動画も写真もどうせオンラインにあげるものだから、画質もそこまで高い必要はなかったし。

リアリティショーだからそれも当然なのかもしれないけれど、この番組を見ている側の人たちは、おれたちのふるまいを自分の生活の代替として見ているふうに思えた。街に出て自転車で思いっきり走り、通りをぶらぶら歩いて、ショッピングモールや商店街に入り、気が向いたときに商品を見て、気に入ったら買う。そういうことができない状況だから、みんなはおれたちの写真や動画を眺めながら、そのルートを想像して疑似的に街をうろうろしているんだろう。

まあそもそも配信者なんていう存在は、このゲームの前からそんなものだった。みんなそれぞれの端末で、自分が行きたい場所に旅している人の画像や、飼えない動物を飼っている人の映像を見ている。気に入った配信者のことは自分の友だちみたいな感覚になっていて、定期的に届くそういった配信の通知を、旅先からの手紙みたいにして楽しむ。このゲームはそれらに加えて、旅先の姿や葛藤、道に迷って変わった場所を見つけるといったハプニングも含め、日常の姿まで楽しむことができるということなんだろう。

古い百貨店の前を通る太い道、路面の、おれの足元になにか動くものの影が差した。夕方の長くのびた影の元を追うと、道の十数メートル先に人影を見つけてどきりとする。逆光で表情は見えないけれど、なんだか動きが変だ。ただ、ここ最近はこんなふうに仕事以外で用もなくふらふら出歩いている人間をぜんぜん見かけていなかったから、外を歩く人間がどうやって動いていたか忘れているだけかもしれない。最近は渋谷《しぶや》でも代々《よよ》木《ぎ》公園付近とか明治神宮に近いあたりでは猫、犬、あとタヌキとかハクビシンまでもがうろうろするようになってきたから、そういう動物のほうがよっぽど見慣れていた。それにしたって、あの人間の影はふらつきすぎていて緩慢だった。映画でこういう動きをするものを見たことがある。ゾンビだ。

身構えた。ここ最近、ゾンビの存在についてよく妄想するのは、誰もいない街の風景にゾンビがやたらマッチするからか、サブスクで海外ドラマを見すぎているからかもしれない。おれは、

「大丈夫ですか」

と声をあげながらゆっくり近づいていく。バッグには、ちょっとした作業をするとき

のため小型のカッターナイフが入っているけれど、いまそんなものが役に立つとも思えなかった。近づくにつれて、立っている人間が男だとか、さらにおれよりずっとでかいことだとかがわかってきたから、なおさら恐くなってきた。

数メートルまで近づいたら、相手から、

「これ以上は来ちゃいけません」

と、比較的大きな、はっきりした声が聞こえた。こんなていねいな言いかたではっきり近づくなと宣言するゾンビは、まだ半分人間だからっていう理由以外に思いつかない。というか、ゾンビじゃない可能性がとても高い。やっぱりドラマの見すぎなのかもしれない。

そのくらいの距離になると、逆光でもぎりぎりようすがわかる。ぼろぼろの服はよく見るとストライプ柄で、どうやらなじみ深いコンビニの制服だった。ここからだと名札の文字までは読めない。色の濃い男の肌は、たとえ汚れが落ちたとしてもうっすら浅黒いようで、南アジアの他の国にルーツがある人物にも見える。言葉づかいがていねいなのも、ネイティブの日本語話者じゃない印象を受けた。

しばらく見ていると、男はモバイル端末らしきものを掲げて左右に振りながら顎《あご》を二、三度くいっと上げて、おれにもそうしろと促してきた。おれは写真を撮るふうにして端末を構え、ついでに一枚だけと思って写真を撮る。と、間もなくBluetoothが反応した。通話アプリの申請だった。おれが受け入れると、男は軽くうなずく動きを見せた後、ゆっくりとしゃがみ込み、それからずるりと横倒しになって倒れた。

「大丈夫ですか」

「ええ、とても疲れました」

　男からは、さっきおれを制したときの大きな声はもう出てきそうになかった。あれが最後に振り絞られた言葉だったのかもしれない。これ以上近づけないのであれば、対話は無理だ。そう気づいたのは向こうも同時だったようで、アプリから通知音がして、

【どうか、おねがいします】

　というメッセージと、QRコードが送られてきていた。男に目を戻すと、もうすでに横になったままぴくりとも動かない。おれは自分の端末で救急車を呼んだ。

　慣れているせいか、それとも街の交通量がすくないせいか、体感で五分もかからずに防護服姿の救急隊員が男を連れて行ってしまった。お知りあいですか、いっしょに乗って行かれますか、ときかれたけれど、首を振るとそれ以上の質問は返ってこなかった。

　家に帰ると、ミールボックスが届いていた。夕飯セットのプレートとサプリメントが入っている。プレートを電子レンジに突っ込んでから手を洗って口をゆすぎ、ネットで

ニュースを確認しながら食事をしていると、二十一時を知らせるビープ音が鳴った。プライベートタイムとして、リアリティショーのカメラから解放される合図だった。アパートに取りつけられているカメラの赤い電源ランプも切れる。

　スマートフォンに送られてきていたQRコードを確認すると、私鉄の駅、地下D側出口にあるコインロッカーのキーコードだった。あのあと何度か試しにメッセージ返信や通話発信を試し続けているけれど、読まれている気配はない。アカウントでブロックしているのか、もしくは端末自体がすでにもう動いていないのかもしれない。マップでコインロッカーのある場所を確認する。たしかにこのロッカーの位置なら、街にあるカメラの死角になるはずだ。

　それにしたって、あの男はいったい何者だったんだろうか。見たところゲームの参加者とは思えなかった。となると、遠くの街から来たんだろうか。彼はこのゲームのことを知っているんだろうか。

　こんなふうに隠れて受け渡しをするのだとすると、普通に考えてもあまり穏当なものではなさそうだった。ひょっとしたら危険な、たとえば爆発物みたいなものかもしれない、とも頭をよぎった。

　いいや、もしこれ自体がリアリティショーの仕掛けだったとしたら。あの男性や、すぐに来た救急車の存在が、おれをかつぐための芝居だったり、ドッキリだという可能性はある。そもそも人影をほとんど見かけないこの街で、いきなりあんな映画じみたできごとに遭遇するなんて、なんというか、できすぎている。ただそれにしたって呼んだのは自分の端末で一一九番をした救急車だし、それすらもなにかの操作で操られているほどの大掛かりな仕掛けだとも考えにくい。

とりあえず明日の予定を考える。まず適当な、なんでもいい大きな荷物を持って出て、件のロッカーの近く、できれば隣にでも入れて撮影に行く。終わって戻ってきたら、それを取り出すついでにそのロッカーも開けて確認するという計画を立てた。

朝、いつもと同じように準備を済ませてから空を見た。天気が良いのでいつもなら川か海沿いに出てもいいのだけど、今日はまず昨日の件をどうにかしなきゃならない。バスタオルを詰めた、軽いけれど大きめのリュックを背負って自転車に乗って、ロッカーのある駅のD出口方面に向かった。撮影のことはひとまずおいておく。写真は昨日撮った何枚かをアップしているから、最低限、リタイア扱いにはならないはずだった。

街の人はいないのではなくて、透き通っているんだ。いまのところ。

群衆というものは、塊ではそういう名前がついているけれども、結局は個人の集合だ。人がなにかの拍子に、たとえば蜂起みたいなひとつの目的だとか、日本の多くの場合は満員電車だとかいう避けられない状況によって、一か所に集中する。そうなると、ひとりひとりのアウトラインが溶け合うみたいになって群衆になる。主人公とモブを見分ける科学的な要素、生物的な差なんて、実のところ、たぶんひとつもない。

街という場所は群衆からできていて、群衆というのは街が街であることの証明みたいなものだ。その重要な群衆がいま、ぱったりと透明になっている。街が見えなくなったんじゃない、街がいま一時的に空っぽに見えているだけのことだ。

世界で最初に撮られて上映されたスクリーン映画は、工場の入口と駅を撮影したもので、主人公は都市の労働者だった。しかもだれかひとりではなく群衆を撮ったものだったらしい。映画の歴史の中だけの問題じゃない、そもそも都市の主人公はいつだって群衆だ。つまり今、街は主人公が姿を消した状態にある。

人の存在が透明になった街は、それはそれでキラキラしていてきれいだ。ゴミがすくないとかそういうことでもない。明けがたの、ひんやりした白々しい渋谷駅前がゴミだらけのくせにやたらときれいなことは、街に暮らしているとしみじみ実感する。シーズンオフの野球場、閉店後のショッピングモール、全部、なんとなく言葉で表しにくいきれいさがあって、おれは言葉でうまく言えない人間だから、かわりに写真や動画を撮っているというふうなところがある。
以前の街の生活は、人によって作られた号令と秩序とスピードに満ちていた。ただ、それを不意に崩すのはほとんどが自然由来のなにかだ。たとえば地震とか、川の氾濫《はんらん》、台風、雪、病気といったような。

コインロッカーに入っていたのは、ジップロックよりももうちょっとだけ丈夫そうな、金属ファスナーのついたビニールのポーチだった。透き通っていて、中身が見える。中には手のひらに載るくらいのチョコレートの丸い缶が入っていた。持ち上げると軽く、振るとさらさら音がする。チョコじゃないなにかが入っているようだった。ただすくなくとも刃物や銃、爆弾みたいな危険物が入っている気配はない。中身を見るのは帰ってからのほうがいい気がした。街はカメラだらけだし、このことが重大なゲーム違反になることはなさそうだけれど、なによりも問題なのはたくさんの視聴者だった。こんなふうにしていることを見られてしまったら、悪くすれば妙なうわさになって投票激減からの脱落、下手したらテロリスト扱いで映像が都市伝説化されて広まって、一般社会に戻ったところで、もうなにもできなくなるかもしれない。捕まるならまだいいところで、下手したらきちんと事実を確認されることもないまま、社会倫理だけがおれを責めさいなむかもしれなかった。

家に帰ってからのことはいつもどおりにこなしながらも、二十一時のビープ音が鳴るまでは玄関先に置かれた荷物が気になってしかたなかった。カメラがオフになったのを知っていても、あんまりにも不安だったから、トイレに持ちこみ、隠れてそれを開けた。チョコレートの缶には想像どおり、チョコレートは入っていなかった。そのかわりに、馴染《なじ》みのある水色のラムネ菓子みたいな錠剤が缶の高さに半分ほど詰まっている。

小さく折りたたまれた細長い紙は、質感から、レシートのもう捨てる芯に近いところ、最後の赤いインクのついた部分を再利用して、そこになにか文字が書かれているのだとわかった。細かな字でぎっしり書かれている、ぎこちなく読みにくい文章を苦心して読む。

本当のことをいうと、この病気はもうすでに治療法が確立している。でも、この水色の粒によって、われわれは自分自身の命を人質に取られ、号令に従わせられ、縛りつけられている。あるときからわれわれ数人は、これを飲むのをやめた。命の危険は確かにある。ただこの状態で生きながらえるのと、自分が信じていることに従って生きかたを選ぶのと、どちらがより良い生きかたなのか。誰かがこうして、ほかの誰かに託さないと、今、この街の反吐《へど》の出るような調和を崩すことができない。勇気と信念を。ハレルヤ。

読んでいて、声をあげて笑いだしそうになった。これを信じるのはさすがに無理がありすぎるという気持ちと、それにしてはうまくできすぎてるという気持ち。こんなの、ネットフリックスで配信される連続ドラマみたいだ、と考えながら、もしかして、これもそういうショーの一部なんじゃないか、と思い至った。どうせのこと、いまおれが頭を抱えているのを、どこかで見ながら多くの人が笑っているんだろう。おれが救急車の横でうろたえているようすだったり、こそこそコインロッカーを開ける姿なんかを、みんなで楽しんでいるんだ。

便座から立ち上がるとき、足元がふらついて壁にぶつかりながらやっとの思いで扉の外に出る。ベッドに倒れこんで、スマートフォンを見るとメッセージが入っているのに気がついた。

【今回のオーダー、あなたの写真が今回のテーマのランキング一位に選ばれました！

おめでとうございます！】

夕焼けの逆光に棒立ちしているぼろぼろの男の影は、愛というテーマにはまったくしっくりこないと個人的に思っていた。でも、この街で撮られる写真のほとんどには、人間の存在、人影というものがない。だからいろいろ並んでいた写真の中でこれがひときわ珍しかったのかもしれない。それにおれはもともと夕焼けの色あいを撮るのは好きで、得意でもあった。マジックアワーに差し掛かると、いつもの自分が、気取っているとか酔っているとか周りに思われることを気にかけていたなんてすっかり頭の中から飛んで、条件反射で端末を掲げてしまうくらいには。

ただそれにしたって、意外だった。一番苦手なテーマでたいした準備もしなかった日に適当に撮ってなんの確認もせず提出した一枚だった。これはほとんど運みたいなもので、技術もセンスもまったく関係ないと思えた。

でも、毎日おれと同じ水色の粒を飲み下している透明な人々がくれた拍手は、おれが思っていたよりもずっと力強かった。その透明な力の持ち主は、おれたちが心の底から恐れたり、悲しんだり、傷ついたりしている力の持ち主と同一なのだというのが、なんだか妙に感じられた。

歯を磨いて顔を洗い、朝のミールボックスを開ける。シリアルのチョコバーを齧り終えたら、水のボトルを捻《ひね》ってサプリメントを飲む。そこまでまったく変わりのないルーティンだった。

【今回のオーダーは、世界の広がりを感じる一枚です！　はりきってどうぞ！】

いつもどおり、デスゲームを気取ったふうの寒いお題メールに苦笑してから、いくつか撮影に適したルートを見つくろう。カバンに荷物を詰めて準備を進めながら、部屋の隅に取りつけられたカメラの死角、手のひらがわの指の根元に挟んで隠した水色の錠剤を注意深く見た。

あのチョコレート缶はキッチンの引き出しに入っている。いまここで飲み下し、なにごともないみたいにして外に出るか、飲まずに缶の中に落とすか。その選択肢は、ほんの一メートルもない距離に存在している。

マンディリオンの犬

バスの車内にいるのは年寄りが一割で、残りはほとんどが十代から四十代ほどまでの、ひとまずは若者と見ていいくらいの人たち。全員が席に座っているという状態で、それでもまだ空席はぽつぽつとあった。その中に子ども連れの母親がふた組いて、うち片方は、ひとり用の座席に前と後ろにひと席ずつ母子で座っている。その子どもは小学校の制服を着た女児で、周囲に気を遣っているそぶりで声を潜めながら、前に座ったスーツ姿の母親に耳打ちで話しかけている。もうひと組のほうの母親は乳児を抱いたまま、未就学らしい男児と横並びになった二席ぶんに腰掛けていた。乳児は静かに眠っていて、男児もバスの揺れにうとうとしている。母親は、なにか考えごとをしているふうに黙りこんだまま窓の外のようすを見ながら、乳児を自分の体に繋《つな》ぎとめているスリングの金具部分を触っていた。半年ほど前には自分の体の内側で臍《へそ》の緒によって繋がれていた乳児は、いま、スリングによって自分の体の外側に繋がっている。その確認みたいにして母親はスリングに触っている。乗客の中のひとりががさがさと買い物袋の中に手を突っ込んでペットボトルを引っ張り出してふたを開け、ひと口飲みふたを閉める。あとは、誰のものかもわからない二、三人の控えめな咳払《せきばら》い。バスのエンジン音よりも大きい音を立てる乗客はいなかったし、そもそも車内にいる若者のほとんどはイヤフォンをつけてなにかの音楽を聴いているか、あるいは手に持った端末の画面に映る動画やゲームといったもの、せわしなくなにかのかたちが映っては消え新しいかたちに切り替わるようすに集中している。車内に人間以外の生きものは見当たらない。バスは駅前の横断歩道にいる人たちに躊躇《ちゆうちよ》しながら、のたのたロータリーにすべりこんでいく。

中野駅の北口を出たJR利用者たちが、広場を右手に見ながら真北に向かうとサンモール商店街が続いている。ここはかつて中野北口美観商店街と呼ばれていた一帯で、戦後間もなくのころには、そばに建っていた米軍施設から流れてくる品を扱う闇市として栄えていた。商店街は駅から北側に延びる途中、その先に中央線と並行して走る昭和通り、現在では早稲田通りと呼ばれる道路にまでは届くことなく、その手前で白線通りと呼ばれる小道に突き当たったところで途切れている。その先の土地はかつて日露戦争等で活躍した乃木希典《のぎまれすけ》の所有していた場所で、乃木とその配偶者である静子《しずこ》が同時に殉死したのち、残された土地の管理者が商業施設として土地開発されるのを渋ったために、説得にずいぶん時間がかかってしまったのだという。

商店街の北側出口に近いほうに、小さな犬や猫を売る店がある。ロッカー状に区切られた部屋は手前が客によく見えるようガラス張りに間接照明が当てられていて、中の犬はどれも清潔で健康そうに見える。ひとりの女が注意深く、その中に収まっている仔犬《こいぬ》を順番に見ていた。それぞれの仔犬は自分の前足をかじったり、尾を追っかけて転がったりと無邪気に視野の狭いひとり遊びをしながら、ふと覗《のぞ》きこむ女の視線に気がつき、興味を持ってよたよた近づいてくる。ガラス越しの女の顔は真剣な目をしていて、笑っていない。熱心なその観察のしかたから、ひやかしではなく真面目《まじめ》に犬の購入を考えているのが店員の側からもわかった。客の女はこの区内で古い一軒家を借り、友人とふたり暮らしをしている。大家に了解をとって犬を飼おうと友人と話し合って決めたため、こういった店にひんぱんに足を運んでいた。仔犬はインターネットで購入もできたけれど、その女はネットで動物のやり取りをすることに不安があった。以前、保護犬の相談会にも足を運んでみたものの、独身の女性で賃貸住まいであったこと、人生のうち現在まで一度も犬を飼ったことがないこと、夜勤が多いことなどを問題視され、あまり良い顔をされなかったのであきらめた。この店に入るときも女は、買うときの確認事項が色々あるだろうと警戒し、不安を感じながらこわごわ犬を眺めていた。気になった子は抱っこできますよ、と店員に声を掛けられたときも、色の濃いブラウスを着ていることを言いわけにして断ってしまい、気まずくなって店を出た。

高い屋根のついたアーケード式の商店街であるサンモールは、白線通りで途切れ、そこから先、早稲田通りまでは中野ブロードウェイと呼ばれる建築物が長く延びている。建物を縦断するブロードウェイ通りは開かれていて、サンモールから扉なく開放され、接続している。

だから女は、ぼんやりと歩いているといつも決まって屋根付きアーケードと建物のちがいに気づかず、商店街の延長みたいにしていつの間にかブロードウェイの内部に入ってしまっている。女は建物内の通りの脇にエスカレーターが現れたことに気がついて初めて、自分がすでにブロードウェイの中にいるのだということを理解する。女は、長く住んでいる街でもこんなふうにうっかり建物に入ってしまうのなら、犬を散歩させていても知らないうちにどこかの店に入りこんでしまうんではないか、と不安に駆られる。

ブロードウェイという建物は特異な造りをしている。サンモールから繋がったブロードウェイ通りを挟んで両脇に店舗が並び、一階から乗ることができるエスカレーターは二階を通り越して三階に直通する。長い建物を貫いて通る並行したブロードウェイ通りとエレベーター通りと呼ばれる二本の通路は、二階と四階の偶数階で若干店の並びが上下階と横にずれるように作られ、そのため奇数階の通りは天井の高い吹き抜けになっている。地下に広がっているフロアにはスーパーマーケットやドラッグストア、百円ショップといった生活用品を扱う店が限られた広さに効率よく詰まっていた。地下と一階は、上階フロアの時計宝飾店や、日本のサブカルチャーに由来するコレクターアイテムを扱う店が並ぶ通りとはまったく違った印象を持つ。

この建物はもともと、屋上に庭園やプールを備える高級集合住宅として作られていた。戦後、日本の経済的な発展が著しかった時期に建てられたその奇妙にだまし絵めいた建物は、いまとなっては雑多な商業施設を抱えた、独特な雰囲気を持つ住居として愛されているふうだった。

女は、ブロードウェイの中に犬が連れられていないということに気がつき、だとしたら、ひょっとするとブロードウェイの外には犬が繋がれて待たされているんじゃないだろうかと考えた。けれど外の駐輪場や道の端をいくら見ても、それらしき犬が繋がれているのを見かけることはなかった。

女は、自分の視界の周囲に犬のかたちがないことをずっとどこかで悲しんでいるようなところがあった。ただそれは、犬をずっと見ていたいということではなく、仕事をしていても友人と酒を飲んでいても、記憶の中の風景をふと横切るような、絶えず動く犬のシルエットがないことが、どこか淋《さび》しいとでもいうふうな気持ちでいた。

商店街の西側、中野通りを挟んだあたりは太平洋戦争の前に日本軍の施設があり、戦後しばらくは米軍の施設となっていた。現在その場所には中野サンプラザと呼ばれる特徴的なかたちの建築物があり、さらに西側には中野区役所と中野四季の森公園が広がっている。ブロードウェイやサンプラザといった高度経済成長期当時にはおそらくこの街のランドマークであっただろうそれらの建築群は、いまとなっては昭和の遺物めいた雰囲気をまといつつ、どこか平べったくてすかすかした駅北側の風景に特徴のある印象を与えている。

中野駅北口、区役所前にあるロータリーの一隅、バス停前に設置された案内所の脇には、数メートル四方のエリアに五頭の成犬と二頭の仔犬の像が並んでいる――というよりはめいめいの距離を置きながらランダムに配置されている。

犬の群れの像につけられた『かこい』というタイトルは、江戸時代、徳川綱吉《とくがわつなよし》によって保護された犬が世話をされていた場所〝御囲《おかこい》〟を指す言葉だった。中野のこのあたりは、昔から江戸の武士が鷹狩《たかがり》を楽しむ猟場として用いられていたのを、当時の幕府によって整備され、江戸の中期からは大規模な犬の保護区域になっていた。

綱吉の〝犬小屋〟は世田谷区の喜多見《きたみ》、新宿区の四谷《よつや》、大久保《おおくぼ》にも作られていた。けれどこれらの小規模な犬小屋は、それほど間を置くことなく増え続ける犬であふれかえり、〝病重き犬〟などの治療や世話にだけ利用されるようになる。点在した犬小屋にいた健康な犬たちは、後に作られた一番大規模な中野の犬小屋に移されてきた。中野の犬小屋は五か所の御囲から成り、仔犬の療育所五百か所弱も含め二十万坪以上の広さにまで膨れていった。

現在、江戸における犬小屋の設置というものは必ずしも綱吉の博愛主義だとかセンチメンタリズムのみから生まれた政策だとは思われていない。当時、犬食を習慣としていた風俗乱しのかぶき者たちの検挙や、鷹狩など娯楽狩猟の制限、治水をはじめとする住環境の充実、衛生環境の向上によって町に犬が増えすぎた。困って専用の場所を設けるように請願したのは町民のほうだった。現在なら野犬に関する問題のいくつかは手術や予防接種で防げるけれど、当時であれば隔離という措置が最善の方法だったのだろう。それは〝人に荒き犬〟と〝病犬〟が優先して犬小屋に送られていたことからも察せられる。犬の世話には公共の雇用が多く生まれ、犬小屋には犬を飼う資産家たちからの寄付も充てられた。犬医師（獣医）の教育も進歩し、犬の習性や健康に関する知識も広まる。

中野の大規模な犬小屋が、当時の江戸において公衆衛生に関する公共事業のひとつだったということにはまちがいがなかった。

いまの中野駅周辺では、たまに人間と犬とが特殊な仕組みの伸び縮みする紐で繋がれながら歩いていることがあるものの、犬が繋がれていない状態のままでうろついているというようなことはめったにない。こういう場合の人間と犬は、どちらかをひっぱったり極端にイニシアチブを奪いあったりすることもなく、お互い信頼しあった、リラックスした力関係を保ったままでアスファルトの歩道やセメント製の縁石を進んでいる。現在の中野区は条例によって特別に許可された場所を除き公園で犬を散歩させることが禁じられているため、中野区に暮らす人間に飼われている犬はみんな、毎日の散歩時には決まった歩道をうろうろするだけのことが多かった。

犬を飼いたいと考えている女はロータリーの脇を歩き、家に帰るためバス停にとまっていたうちの一台に乗り込んだ。

中野区役所のバス停前、犬たちの像に斜に向かい合うようなかたちで置かれたベンチのそばに、学生服を着たローティーンだろう少年たちが三人立っていて、ひとりが残りのふたりに向けて熱心になにか話をして聞かせている。聞いているほうのふたりは、ひとりの話す内容に特別強い興味があるふうには見えず、どちらも各自の端末をいじりながら、それでも友人の熱っぽい特徴的な語りかた自体を楽しんでいるようでもあった。話すことが好きなその少年の言葉は、とりとめなく飛んだり移ろったりしながら気づいたことや感じたこと、知ったこと、これから起こる予定のできごとについて触れていきつつ思索となってひろがっていく。おそらくふたりの友人は、彼のそのちょっとばかりとっちらかった話しかたにどういうわけか好感を持っているらしかった。

少年は昨日の深夜、オンライン上で流れているひとつのうわさにまつわる記事にいきついていた。書かれた日付を見るに記事自体はさほど新しいニュースでもなく、アクセス数を考えても、多くの人に大きな衝撃は与えない、一見インターネット上によくあるふざけた作り物めいたものに思えるけれど、少年が見たのが深夜だったためだろうか、家のパソコンでその記事を見つけたとき彼はとても興奮し、次の日必ずこのことを友人たちに話すと心に決めていた。

記事の内容は、このあたりの土地にまつわるものだった。中野には戦前から大規模な軍の施設があって、その名残《なごり》が現在でもあちこちに存在する。こういったもののうち、あるいくつかは保存され文化的な資料となり、ある印象的ないくつかはそのできごとを顕彰する意味で、モニュメントとして残される。ただ、そのほかのほとんどのものは、たまたま残ってしまっているだけの残骸だった。世の中のあらゆるできごとが済んだ後には、その残骸が後々モニュメントとして残される現象がしばしば起こる。津波で流されなかった奇跡の木だったり、原爆の熱線による人影だったり。それらは意図的に造型されていないものではあるけれど、たまたまそうなったかたちをその状態で保存しながら多くの人に鑑賞され続ける。ただそのほかの、たまたま存在するかたちの多くは注目されないまま、安全管理といった理由などで、タイミングがあれば取り壊されていく。

少年の見ていたサイトは、そういった街中に残るさまざまなかたちをした残骸を、都市伝説的なテキストと併せてデータベース化しているものだった。テキストのほうは若干過剰に物語的だけれども、いっぽうで画像のほうには嘘《うそ》や加工がいっさいなく、それだけで歴史の残骸に関するある意味貴重な記録のアーカイブになっているようだった。あらゆる機材が安価に手に入るからか、画像だけでなく暗視カメラ、赤外線などの動画も掲載されていた。こういったサイトを作っている人たちにとって、データベースの拡充はアクセス数稼ぎの重要な要素にもなるのだろう。

中でも少年の心に強く響いたのは、旧日本軍の遺構に関する記事だった。人がこういったうわさに興味を持つ大きな理由は、歴史に関する大きな物語だという点と、自分が暮らす街の周囲で起こっているものだという点だった。中野あたりには、軍の遺構が点在していて、そのことは少年も知っている。つまり、いつも通りすぎている場所、あるいは遠くてもせいぜい友達と放課後に自転車で足を踏み入れることができる範囲でそういったうわさが存在していることが、少年にとっては重要なのだった。暮らす場所の風景と接続する大きな物語があるだとか、見知った場所に神話があるというううわさ、そういうインターネット上のほんのちょっとした情報は、少年の毎日見る世界すべてに謎めいたレイヤーをかける。少年はこれに夢中になった。そうして、その物語を友人たちと共有することで、友人たちの毎日にも同じレイヤーをかけようと考えていた。

「コンクリートの塊の内部に、犬のかたちをした空間があるらしいよ」

少年の言葉のうちこのフレーズにだけ、どういうわけかふたりの友人は惹《ひ》かれたのだろう。それぞれの端末を撫《な》でる指をとめて、話している少年のほうを見た。そのことに若干満足しながら、話していた少年は足元に置いた学生カバンを足の間に挟みなおして、

「耳の穴に入れる細いカメラがあるんだ」

と、続けた。

「耳掃除配信とかに使ったりするやつ」

そのコンクリートの塊は、暗渠《あんきょ》に造られた緑道が幅広くなった一帯、ちょっとした公園になっているあたりにあるのだという。たしかに少年たちはその公園に行ったことが

あったけれど、そんな塊があったかまでは覚えていない。サイトに載っていた写真を見てみても、風景だけが記憶にあって、なのにどうしてもその塊のアウトラインが切り取られたように、忘れてしまっていた。この塊が軍の施設の中で、どのような役割を持っていたのかはわからない。演習場のどこかの柱か、演習のための隠れる衝立《ついたて》か、そもそも工作物ですらない、塊のままで利用されるために作られたものかもしれない。重石《おもし》だとか、爆発検査用のダミー建物だとか。わからないけれど、ただ、その塊はすくなくとも戦争より以前の時期に作られたものだろうと、昨日少年が見ていたサイトには書かれていた。

「そういう細いカメラを空洞に差し入れて撮影してから、スキャンして3Dに起こした人がいるんだって。それがなぜか、完全な、原寸大の中型犬のかたちをしているんだそうだ」

「コンクリートの空洞がってこと？」

「そう」

なぜ犬のかたちがとか、どういう仕組みでそんなことが、とかいった疑問が少年たちの口から出ることはなかった。しばらく黙りあった三人の頭の中には、気味の悪い想像がよぎっている。それはつまり、なんらかの事故によって、あるいはもうちょっと恐ろしげな何者かの企《たくら》みによって、コンクリートの中に生身の犬が閉じ込められたのではないか、という想像だった。実際その記事を読んだ多くの人は、勝手にそういう類のことを想起しているだろう。

ただ、それらはさすがに現実的な妄想ではない、と、話を聞いていた少年のうちの別のひとりは思いなおし、そうふたりに話した。コンクリートになにか生きものを閉じ込めて固めるという行為は、たとえば借金取りが毒づくときだとか、猟奇犯罪者が楽しみでやるとか、つまり自分たちから見たらフィクションの中のできごとであって、実際はかなり大掛かりな準備が必要なことだし、さもなくばとんでもなく低い確率の事故によるものだろう。そういうことが現実に起こったという例を少年たちはほとんど知らず、物語の中やニュースで見知ったことばかりだった。

それから彼らは、なぜ自分たちがそんなことを連想してしまったのかと考えてみた。どうやらそれは、二週間ほど前に世界史の授業で学んだポンペイの遺跡についての断片を覚えていたからではないか、という仮定に行きついた。

西暦七九年、イタリアのヴェスヴィオ火山噴火によってポンペイという都市が丸ごと一瞬で火山灰に埋もれた。ポンペイが発生したのは紀元前七世紀ごろで、ローマ帝国の植民地になった紀元前一世紀には商業都市として発展した。千七百年ほどたってから火山灰の中に残った遺跡の発掘が行われ、さまざまな発見がされた。噴火があった当時この都市には奴隷も多くいて、働いて食事をしていた。繁華街には料理店や宿屋が並び、メニューや壁画も残っていた。フレスコ画や建築物の状態がとても良かったのは、瞬間的に火山灰の下に埋まったために灰の成分が乾燥剤や防腐剤の役割を果たしたからだろうと言われている。

　暮らしていた大勢の人たちも一瞬で火砕流に呑《の》み込まれ、積もっていた灰の中には都市の人たちの姿が残されていたことがわかった。火山灰が降り積もってかたまり、火砕流の高温で人の体が蒸発したのか、あるいはアルカリの性質によってある程度の時間をかけて分解されたのか、人の体が消えてそのかたちの空洞ができていた。ただそれにしたってやっぱり奇跡的な確率の偶然の連続や、何百年、何千年という長い期間といったものが必要だろう。当時の人々の姿を見るため、考古学者は石膏《せっこう》を流しこんで丁寧に火山灰を取り除き、人のかたちを発掘した。灰の中からは、老若男女、表情までもうっすらうかがえるほどの人間の姿をした石膏の塊が現れた。中には、金具つきの首輪をつけた犬までいた。

「たとえばコンクリートの中の空洞に石膏を流しこんで、その空洞の型がとれたりなんてできるもんなんだろうか」

いつのまにか少年たちの興味は、なぜその空洞が犬のかたちを成すに至ったのかについてのほうではなく、それを解析するやり方のほうへと移っていた。

「灰の空洞を石膏で固められるくらいなんだから、できるんじゃないの」

「いまなら、石膏じゃなくて最新のシリコン樹脂もあるし」

「いや、そもそも最新の技術なら、非破壊でいくらでも空間のかたちを確認することができるんだよ」

「でもそんなの人の目に触れないんだから、本当にそうなのかどうか、正解なんてわからなくないか？」

「目で直に見なくても、便宜上、そういうかたちをしているってわかることが大事なんじゃないいんだろうか」

「だいたいさ、見ていないけどかたちがわかる、って、なんなんだろうな」

「まあ、地球だってそうなんじゃない。ほとんどの人がそのかたちを肉眼では見てないけど、測ったり、どっかの人が見た話を聞いたり、撮った映像を見たりして、便宜上丸いってことを知っている、みたいな――」

　バス停にバスが入ってきたけれど、どうやらその行先は少年たちの乗ろうとするためのものではなかったらしい。三人とも軽く身じろぎして、そのことによって自分たちはそのバスに乗らないという意思を運転士にあらわす。バスはそれを受け、若干とまどうように徐行しながら過ぎていった。

『かこい』に端末のレンズを向けて写真を撮っていた男は、待ち合わせていた女に声を掛けられてその端末をポケットにしまった。男は都内の公共彫刻を写真に撮ることを趣味としていた。趣味といっても特別カメラに凝っているわけではなく、撮ったものをSNSにアップしたり、アーカイブを公開しているわけでもない。男はそうやって撮った写真を端末のフォルダに振り分け保存して、ある程度溜《た》まってくると写真データに記録されている撮影地の座標を見ながら地図上に紐《ひも》づけたりもしていた。とはいえ二十代のその男にはほかにいくつかのお金のかからない趣味があったし、とりわけ忙しくはなかったけれども勤め人ではあったので、暮らしをかけて熱中するほどのことでもない楽しみのひとつとして、たとえば街でポケモンでも探すのと似たような気持ちで、街の像を見かけたときに写真に収めることにしていた。

女も男のその趣味を理解していたので、ふたりで会うときはたいていその地域のなにかの像を目印にして待ち合わせをすることにしていた。

ときどきなんでこんなものがこの場所に、と腑《ふ》に落ちないかたちの像があり、そんなとき男は撮影した端末でそのまま像の由来を検索した。まれにどれだけ調べても、この場所にあることが理解できないものもあったが、たいていのばあい、像がある理由というものは、それが置かれた場所のほうに強く関係するということがわかった。

東京には無数の公共彫刻が存在する。たいていがなんらかの人物のかたちをしていて、それらのいくつかは具体的な、実在する個人をかたどったものになっている。実在する誰かというのは、その場所にゆかりの偉人であることがほとんどだった。

軍の施設の近辺では、昔の武将や、日本神話上の軍神などといった像や、またその施設の設立にかかわった功労者の像が設置されることが多かった。

軍の施設にある像というものは、世界中のどこでも、その土地に革命が起これば引き倒されたり火をつけられたりする類のものだった。そういった極端な破壊に限らなくても、時代の変化によって当局がふさわしくないと判断すれば、別の姿のものに差し替えられることもある。ただ日本の場合、戦中の像が多く撤去されたのは、その理由の多くが金属資源の不足によるものだった。敗戦直前、金属不足からさまざまな全国の像が撤去された。寺の鐘や校庭の二宮金次郎《にのみやきんじろう》、あらゆるものが軍に供出された。

戦争が終わった後、軍人の像があった台座にはその代わりに女性の裸像がつくられた。戦後の街には女性や子どもの像、動物の像が増えていった。この場合の多くのものは、実在する偉人の像ではなく、平和や祈りなどを象徴的に表現するため、なにかのかたちを用いたものだった。象徴的な像が具体的な男性あるいは女性のかたちをとることは多い。平和の像は比較的女性や幼い子どもの姿をしている。公共の場所にあるなにかのかたちをしたもの、像あるいは彫刻と呼ばれるものたちは、その都市に暮らす人の情緒を無意識にハンドリングし、精神性を強くその場所に紐づける。

都内には、中野の『かこい』のほかにも犬をかたどった像が点在している。そのうちのいくつかは実在した犬のことを顕彰した像であって、そのほかは犬という概念や犬にまつわる事象自体を顕彰した像になる。これは人間をかたどった像と同じ理屈だ。台東区の藏前《くらまえ》神社にある犬の像が載った台座には『元犬《もといぬ》』と書かれた銘板がついている。元犬という題がついた古典落語は、お百度参りをなんとか成功させて人間に転生できた犬の奇譚《きたん》だ。元犬像は、四郎《しろう》と呼ばれる落語中の人間になる以前の、白犬のほうをかたどった像になっている。

また、新橋《しんばし》には『乙女と盲導犬の像』が、靖國《やすくに》神社には『軍犬慰霊像』が、水天宮《すいてんぐう》には『子宝いぬ』の像がそれぞれたっている。これらはすべて、実際のモデルは存在するだろうものの、概念としての盲導犬、軍犬全体をあらわす犬の造型、といったように、実在した名前のついた固有の犬をタイトルに掲げているわけではない。これは中野の

『かこい』も同様だった。

いっぽうで、東京には実際にいた犬の偉業をたたえる像も多くある。たとえば築地《つきじ》の『名犬チロリ記念碑』というのは、実在した国内初のセラピードッグを顕彰してたてられたものだ。ビジネス街の幹線道路ぞい、タバコを吸うために多くの人が集まる萬年橋《まんねんばし》の端の公園にそれはある。タバコを吸いに公園に来る労働者たちの多くは、それがチロリと名のついた犬だということ、どんなことを成し遂げた犬なのかということを意識してはいないだろうけれど、その空間に犬がいる、犬の像がある、犬のかたちをしたなにかの塊がある、あるいは犬のアウトラインで背景が切り取られている、といった事実だけは、その人たちの毎日見る風景の中にしみこんで認識されている。

像を撮っていた男と待ち合わせた女は、学生時代から同じサークルの友人として関係が始まり、徐々に交際を深くしていくようになった。どちらもまだ学生時代の下宿を離れていないので、仕事が終わる時間や休みの日が合えば、なにが買いたい、なにを食べたいと、その目的に沿った場所で待ち合わせをしている。ふたりが入っていた大学のサークルはミステリー研究会とかいったもので、その中では、有志によって定期的に行われていたイベントがあり、それは街中でする鬼ごっこというか謎解きというか、そんな類のものだった。持ち回りで出題側と参加者側を行い、東京の区切られた地域で行う決まりがあった。ルート作成のほか、謎解きには会場となった場所の歴史や文化を踏まえたものを出すことが求められていて、自然とふたりは東京の細かな知識を得るようになった。男の屋外彫刻撮影の趣味も、それらをきっかけにして始まっている。

東京、立川《たちかわ》の国立極地研究所に『南極観測で活躍したカラフト犬のモニュメント』という犬の群れの像がある。もともとその像がたてられていたのは、かつて首都東京のシンボル、戦後の復興を象徴するアイコンとして造られた東京タワーの足元だった。その犬の像たちもまた、かつて実在していた犬をモデルにしている。この犬たちの物語はこの国の人間の、特に東京タワーを東京のシンボルとして考えていた時代の人間たちにとても強い印象を残していた。

昭和三十年、日本は南極観測への参加を表明していたものの、太平洋戦争の直後であったために国際社会への参加資格がないとして当初参加を認められなかった。白瀬《しらせ》隊の実績といった主張が考慮され、参加可能とされたのは他国に若干遅れてからだった。

昭和三十三年、それは東京タワーの完成した年に起こった。第二次越冬観測隊が昭和基地への上陸を断念した際、第一次越冬隊はそのとき犬ぞりのために連れてきていた使役犬を施設の外に繋いだまま放置して、ヘリコプターを使い第二次越冬隊が乗って来た船、宗谷《そうや》に合流して日本に戻った。野に放すと野生化した犬が共食いを始めたり、その地域の生態系に影響を与えてしまうため、餌が足りないこともわかっていながら繋いだまま置いていったというこのできごとは、日本の多くの人たちの情緒を強く揺さぶった。

南極を観測するために使役された犬の像は、観測隊によって連れていかれ、その場に置いていかれた犬たちの姿をしていた。生後半年から六歳までの二十二頭の樺太犬《からふと》のうち、次回の越冬隊に発見された生き残りはたった二頭だったという。いや、科学知識を持ち準備を整えた人間さえも居られないと判断した長期間の過酷な状況で、放置された犬が二頭も生き残ったというのは、間違いなく奇跡だろう。

「南極観測に、こんなにたくさんの犬を連れて行ったんですね」

男が女と最初にきちんと会話をしたのは、サークルの定期イベントのときだった。そのときは東京タワー周辺、芝《しば》公園や大門《だいもん》付近エリアを会場としていて、犬の像を見ながら女が男に声をかけた。

「観測隊の大荷物を運ぶ犬ぞりの犬だとしたら、これじゃあずいぶん少ないいんじゃないかとも思えるけど」

そう言って男は、タロ、ジロ、シロ、シロ子、リキ、ヒップのクマ、フーレンのクマ……と、指を折りながら南極観測に同行した樺太犬の名前を声に出し始めた。そのため女はそのとき、男はなにかクイズのような知識をため込む競技を趣味としているのだろうと考えたけれど、後から聞くとそういうことではなく、どうやら、たんに幼児期に気に入り、ぼろぼろになるまで何度も読んでいた南極物語の絵本の内容をずっと覚えていただけのことらしい。

東京タワーにある樺太犬の像が完成する以前に、当時コンクリートによって作られ、現在はブロンズによって複製された『樺太犬慰霊像』と名付けられた像が大阪にある。制作者は獣医でもあった岩田千虎《いわたかずとら》という、セメントを多く用いることで知られる彫刻家で、像が完成したのは東京タワーのものより一年ほど前だった。二頭の犬の生存が確認される前、繋いだまま放置されたというニュースが報道された直後に作られたその慰霊像は、生存という奇跡の顕現後に作られた東京タワーの像と相反する印象を多くの人に与える。

なにかのできごとが事実であること、その生きものが実在していたということは、できごと自体のありよう以上に人の精神にとても深く作用する。

いくつかの像が、現実に起こったできごとの再現であるということは、多くの思想や宗教における奇跡の出現と同じ構造を持っている。

仏教の像が、主にその出現の実体をあらわすのに対して、キリスト教に関する図像が聖書における奇跡の再現を試みているのは、聖書の内容を伝えていくのに際して、演劇が主に用いられていたことに由来している。写真や映像のない世界で奇跡の証明をするには、目撃証言を言葉にするか、目の前で演じるしかない。その後、聖書では識字や翻訳の問題が生じることもあるため、布教に一番都合の良い方法として、その奇跡を図像で表す技術が自然に発達していった。こうして、まったく言葉の通じない別の国にも教えが広がった。奇跡の決定的瞬間を絵画や大理石彫刻で表すことは、その場所を訪れる大勢に休みなく奇跡を伝え続ける自動操置になった。

キリスト教の無数にあるイコンのうち、人の手によらざるものが存在する。聖ヴェロニカが布に写し取った聖顔布、自印聖像、マンディリオンとも呼ばれるそれらは、そのかたちが自然に浮かび上がるという現象自体が奇跡の出現となる。ヴェロニカという名前が、ラテン語のウェラ（本物の、真実の）イコン（似姿）の合成形であるように、人の意図が介在しないで発現するかたちというのは、より本物だと信じられ、かたちが現れること自体が奇跡になるのだった。世界中にあるマリア像に見える流木や磔刑《たっけい》に見える壁の染み、キリスト教以外でも、仏像に見える石といった人の手によらない像は、誰かによって気づかれれば奇跡となり、発見されなければその奇跡はこの世に出現したことにならない。つまり、人間の目によるかたちの発見が、奇跡それ自体ともいい替えられる。

では、人の手によらないただの空間がなにかのかたちをあらわした場合、それは奇跡の顕現になるのだろうか。空間は物質ではなく、また塊の中の空間は、人が肉眼では見ることができず、技術によってしか確認できない。

当時の南極基地は、現在でいうと宇宙空間と同じようにまったく未知で過酷なフロンティアだった。実際、極地の観測は太陽の状況や宇宙を研究する目的で行われていることが多い。そのため南極で生き残った、タロとジロと名付けられていた二頭の樺太犬は、どこか、宇宙に連れ出されたうち生存状態で帰還した初めての犬、ソビエトのベルカとストレルカという二頭のエピソードを連想させる。チェリャビンスクのワレンチナ・V・テレシコワ公園には、宇宙服を身につけたベルカとストレルカ像がある。シベリア鉄道の起点でもあるその都市チェリャビンスクは、二〇一三年に隕石《いんせき》の落下による衝撃で三千棟以上の建造物が損壊するなど大きな損害を被った。

重力空間において〝繋がれる〟ということは、人間であろうが犬であろうが、そのなにかに隷属する、あるいは罰則、受難、刑罰といった悲劇を意味する。ところが宇宙空間においては一転して、〝繋がれない〟ということが重力空間に生きるものたちにとっては底抜けの不安を意味するようになる。繋がれた主体から離されるということが、無重力空間では罰となり、最大級の受難となりうる。それは臍の緒で繋がれた胎児と母親の関係とも類似する。

　東京タワーの足元にたてられていた犬の像が、スポーツの世界大会をこの都市に招致するためのモニュメント設置のためにその場所から撤去されたとき、その反対運動はとても強く行われたらしい。でも、それらは結局、いま立川の極地研究所の敷地内に移設されている。彼らは空間を移動させられ、その奇跡はもともとの場所から離され、像自体とは関係ない別の都合により、別の場所に紐づけられる。


　謎解きをつくるとき、あったはずの店や建物、印象的な植物や社がいつの間にか無くなっていたり、移動させられたりしていることもあった。そんなときサークルの人間である企画者や参加者はとても困り、たいていの場合物語自体が成立しなくなった。女は常々男に、

「この遊びは場所に強く依存したものだから、それがほんのちょっとでもずれてしまうことによって、簡単にエラーが起こるんだと思ってる」

と話していた。この企画は、謎というレイヤーを現実の場所に載せ、普段の景色をちょっと変えて見せる遊びだった。像は店とちがい、移動することが少ないこともあって、こういった遊びによく用いられていた。

東京という都市の中にある公共彫刻の中でも、非常に多くの人々によく知られる主な像は二体あった。一体は上野《うえの》に、もう一体は渋谷《しぶや》にある。

ふたりが最初にサークル以外の用事で、ふたりだけで会ったのは上野だった。国立科学博物館で剝製《はくせい》が見たい、という女の希望で、ふたりは上野にある大仏の、顔の部分だけが残っている場所で待ち合わせた。

動物園や科学博物館を有する広大な上野恩賜《おんし》公園は、かつて江戸城の鬼門の方角を守る寛永寺《かんえいじ》の敷地だった。東京タワーにほど近い増上寺《ぞうじょうじ》とともに将軍家の重要な墓所だった寛永寺は、広大な上野の緑地を有していたため、戊辰《ぼしん》戦争の重要な戦地となり、その後の関東大震災時には台東区、浅草《あさくさ》のあたりで焼け出された人々が大勢避難してきた。太平洋戦争が終わった直後は不忍池《しのばずのいけ》の水が抜かれ、臨時の水田にされる。時代ごとにいくつもの災難にあっている上野の広場には、現在では博物館や美術館があり、野球場や噴水がある。公園内の動物園には一九七二年の日中国交正常化の際、記念としてジャイアントパンダが贈られ、飼育されていた。

公園の敷地内にたつ美術館にはロダンの名作彫刻がある。ただそれらは美術館の敷地内にあるため、厳密には公共彫刻とはいえない。公園全体の敷地内にはそれ以外にも、かつて寛永寺にたっていた大仏の焼け残った顔部分や、二〇〇六年まで別人の顔で作られていたために作り替えられたボードワン博士像など、多くの像が公共の場所に点在している。

その中で、ひときわ大きく広くとられた見晴らしの良い場所にたつ男の像は、犬と繫《つな》がれあっている。その有名な男だけでなくその犬も、かつて実在していたことがある。犬の名はツンといった。ただ、男は生前二十頭以上の犬を飼っていた愛犬家で、ツンはメスの雑種犬だったけれど、写真などの資料が残っていなかったために、別のオスの薩《さっ》摩《ま》犬をモデルに作られたという。男自身の像は高村光雲《たかむらこううん》が作ったが、ツンの像は光雲の弟子が作ったものだ。

大学を卒業した後の男と女が仕事終わりに会うとき、一番多く待ち合わせに使う場所は渋谷だった。井《い》の頭《かしら》線と東横線を使って通勤をするお互いにとって便利な場所ということで、平日夜は自然に酒を飲むのも映画を見るのも、この街になっていた。

渋谷駅は戦後いくつかの段階を経て、地上にも地下にも膨れ上がっていった。坂道だらけの街は、その芯の部分にひとつの像がたっている。おそらく日本の公共彫刻で一番知られているもので、それはほぼ原寸大の犬のかたちをしている。上野と同じく、その犬も過去に実在していた犬だった。またこの像の制作は、東京タワーに長く置かれていた樺太犬像の制作者と同じ人物、安藤士《あんどうたけし》によるものだ。

かつての東京には、どこにも繋がれていないまま座って待っている犬というものがあちこちに存在していたらしい。いまのこの国の文化水準に照らし合わせるとにわかには信じがたいけれども、渋谷にいたその犬がひときわ特別な個体だったわけではなかった。その犬は、待っているときに飼い主に起こった特別なできごと、この国の人々の精神性に訴える非常に強いエピソードにまつわる功績というものを持っていて、それをたたえられ、神聖視され、渋谷駅前、まさにその犬の名を戴くその出入口に像がたてられていた。

渋谷の駅前で顕彰され続けているその犬は、南極を生き抜いた二頭の犬との共通点として、制作者のほかに〝突発事項による飼い主の不在〟と〝長期に及ぶ待機〟がある。ただ厳密にいうと、南極にいた二頭の犬はもともと繋がれていなかったわけではなく、主人の長期間に及ぶ不在時に繋がれた鎖を振りほどいて生き抜いて、主人が戻って来るのを待機していたわけではなかった。いっぽうで渋谷の犬は、街の中で繋がれないまま暮らし、駅前の人たちの厚意によって餌などを与えられ、もう存在しない主人を待ったままその駅近くで命を落とした。現在、かつて実在した繋がれない犬は、像となってその場所に紐づけられている。

繋がれないままそれでも飼い主を待つ、というこの犬の起こした奇跡は、この国の多くの偉人像より、ずっと強くこの国の人々を情緒によって繋ぎとめていた。摩崖仏《まがいぶつ》やキリスト磔刑図のような宗教的なものではなく、またその国の歴史にまつわる将軍の騎馬像や立ち上がる民衆のように人を鼓舞するわけでもないその犬の像は、かえってそれ自体の無力さによって、革命で引き倒されたり棄損されたりする危険もないまま、そのかたちを保ち、座り続けている。

この犬の像は、いくつかの開発を経て駅前の姿がすっかり変わっても大きく移転されることはなかった。それは、東京タワーと樺太犬のような関係とちがい、その奇跡と場所が分かちがたく結びつけられているからだろう。

もし渋谷の〝繋がれざる犬の像〟に撤去や移設の計画が発生したら、日本のどの公共彫刻よりも強固に反対運動が起こるだろう。改札に鼻先を向けて座る金属の塊は、座る角度や場所に厳密な意味が発生していて、そこに変更の余地を生まないからだった。もしこの場所が変わり得るとしたら、それは駅や改札の位置自体が変わるときか、犬や日本人、あるいは〝忠実〟という言葉の意味や価値になんらかの大きな転換が訪れるときだろう。

石であっても金属であっても、あるいはセメントや石膏、なにか最新の技術によって合成される樹脂だったとしても、そうしてそれがたとえ偶然の産物であったとしても、何かのかたちをなして人の見えるところに置かれることはそれだけで大きな意味がある。いくらほとんどの人たちが毎日の暮らしのうちに無意識に無視をし、視界の端にも見やられることなく通り過ぎていくのだとしても、そこに何かのかたちをしたものがあるというだけで、その意味はあった。

少年たちが立って待つバス停に、そこそこ大粒で勢いのいい雨が降ってきた。バス停前のベンチには小さな屋根がついているものの、その雨の強さに気がついた少年たちはバス停のそばに立ったままで、のたのた折りたたみ傘を取りだして開く準備を始める。待ち合わせていた男と女は、軽く顔を顰《しか》めながら足を速めていた。向かう先はサンモールのアーケード、あるいはその中にあるいずれかの店の中だろう。ここ十年ほど、この都市に暮らす人たちは、こういった突然の強い雨にめっきり慣れきってしまっている。

像は雨の水分によって、色をどんどん変えていった。最初は頭のてっぺんから水玉模様が浮き上がってくるように見え、しだいに重力によって、下に向かって筋状の縞《しま》模様を作りながら垂れていく。像というものはそうやって絶えず雨に濡《ぬ》れ、ふたたび乾くことを何年も何十年も繰り返している。大嵐のときも、雪のときも、像が熱くて触れないほどに日が照っているときも、像はそのまま、そこに存在する。地面のアスファルトも縁石のコンクリートも同じように水を吸った部分から色が変わっていく。雨の水分だけだから、乾けばほとんど元と同じ色に戻っていった。地面はバス停の屋根や少年たちの傘のかたちを残して、雨の色が街の隠れた部分以外の景色を塗り替えていった。

歩道を歩く犬は雨の粒を鼻先に受け二、三度ぶるりと顔を震わせるものの、さして気にするふうでもなく水玉模様をしたコンクリートの縁石に新しく自分の足跡を加えながら進んでいく。繋がった人間のほうが、若干不安そうに重い色の空を見たり肩をすくめたりしていた。その様子を出発前のバスの中からじっと見ていた紺色のブラウスを着た女性は、トートバッグの中をちらりと見て、折りたたみ傘があることを確認した。

乳母《うば》車とよく似た屋根つきのカートに飼い犬を乗せて歩く女が、雨に濡れながら急ぎ足でサンモールのアーケードの中に吸い込まれていった。乗り物に乗せられた犬は、小《こ》径《みち》を進むカートのキャスターが起こす微振動に揺すられながら、メッシュ地の内側から外の景色をじっと見て、雨の街のにおいをかいでいる。犬というものは、バスや電車といった公共の乗り物に乗る機会があまりない。乗って移動するときはたいてい飼っている人間の所持する自家用車、ほかにはカート、せいぜいで自転車や原付バイクの前かご、ときどきはカバンやスリングで抱かれていた。

ただ、宇宙船には人間より先んじて犬が乗っていたのだし、多くの人間が乗ったことのない、南極観測船に乗った犬も、まちがいなく存在する。初めての人間よりも先に地球の丸さを見ていたし、極地の果てしない風景の中をその犬たちは生き抜いた。それら犬たちの居た場所は果てしがなく、地上のどこにも繋がれていないと同時に、どこかバスの座席のようにせまっ苦しくもあるのかもしれない。

やって来たバスの行先案内表示を確認すると、少年のうちふたりは傘を閉じて制服のポケットからカードケースを取り出し、扉の開いたバスに乗りこんだ。バスの車内にはすでにぱらぱらと人が席に着いていて、ふたりの少年は車内を最後部まで進み、横一列になった座席に横並びになって座る。

バスが出発すると、窓の外、バス停に立ったまま残るひとりの少年に、いつものようにおどけて舌を出しながら手を振り、バス停を過ぎてからそれぞれ自分たちの端末を取り出し、操作をはじめた。

バスの中に座ったふたりの少年のうちのひとりが、犬の遠吠《とおぼ》えを聞いた。そのため端末を撫でる指を止めて顔をあげたけれど、もうひとりのほうは気がついていないようで、端末の画面に集中していた。たしかに遠吠えに聞こえた。もちろん、見回してもバスの中に人間以外の生きものが乗っているようすはない。窓の外、通り過ぎた後ろの歩道のほうを見ても、雨模様の中を散歩している犬らしきものは見当たらなかった。そもそも少年は犬の遠吠えというものを実際にきちんと聞いたことはなかったような気がしていた。だから、さっき聞いたその声をなんで遠吠えだと思ったのか、わからない。ひょっとしたらただの風を切る音、換気のために細く開いた窓から入ってくる空気が震える音だったのかもしれないし、どこかのトラックの、たまたま間抜けに長く響いてしまったクラクションかなにかだったのかもしれない。

ふと、もしたまたまできた空間というものが人間の心を揺さぶり情緒を操作する像たりえるのなら、水であってもそれは成立するんだろうか、と少年は思う。公園にあるらしい見覚えのないコンクリートの塊も、こういう日には雨によって色が変わっていくんだろう。後にそうやって雨水が染み込んでいったなら、内部の犬のかたちの空間に、一瞬であっても、水という物質が結像する。水がほんの一時期でもそのかたちをなすことで、奇跡はそこに現れるのだろうか。人間が確認できない奇跡を。

宇宙は〝スペース〟といい、また〝コスモス〟とも呼ばれる。宇宙というものが天体という物質の集合体なのではなくて、それ以外の、物質を含む空間の部分を指すのだ、と気がついた瞬間、少年は、世界に存在するすべてのかたちの外側、空間のかたち自体の像を見るということに、あいまいに思い至った。ちょっとしたきっかけで、もののかたちか、もの以外のかたちか、どっちかにふと意識が変わって少年が見るものは同じま、フォーカスする対象が変わったのだった。物自体のほうではない、それ以外の部分の切り抜かれた側の風景のほうのかたち。窓の外の、すべての存在や現象の、〝それ以外の部分〟のかたち。街路樹以外のかたち、ガードレール以外のかたち、サンプラザやブロードウェイや犬の像をすべて切り抜いた、街にあるあらゆるもの以外の街のかたち。コンクリートの塊以外の、犬のかたち。それは、ぽつんと繫がれない犬のかたちに切り抜かれた、宇宙全体のかたちでもある。

アルゼンチン南部のサンタ・クルス州ロス・グラシアレス国立公園の近く、クエバ・デ・ラス・マノスという洞窟がある。〝手の洞窟〟という意味の名前がついているとおり、その洞窟に遺《のこ》された壁画には、手と絵の具で跡をつけたものが大量に残っている。無数の手形を意図的に重ねて跡がつけられたもので、パタゴニアの先住民族による古代芸術作品として重要なものだと考えられている。それらは単なる手に絵の具を塗ってつけるといったものではなくて、手を置いてその上からパイプ状のものに入れた絵の具を息を使って吹き付け、手をどかしてその絵の具跡を残すという方法でつけられている。ようは手のネガティブペイントだった。古代の壁画の描き手、パタゴニアに暮らしていた人たちは〝手のかたち〞を残したのではなくて、〝手以外の世界のかたち〞のほうを残した。つまり、宇宙、すなわちスペースのほうを表そうとしていた。

少年は、窓の外の後ろに流れていく景色を見るともなく眺めている。雨に色が変わっていくアスファルトや、縁石のコンクリートにみるみる増えていく水玉模様は、たぶんしばらくしてしみこみ、乾き、消えていくだろう。

それがどれだけ、自分以外の世界の側のすべて、宇宙の真実を写しとる信じがたいほど輝かしい奇跡の現れたかたちだったとしても。

解説

江南亜美子

二〇一六年に、アメリカの偉大なシンガーソングライター、ボブ・ディランがノーベル文学賞を受賞したとき、歌手に権威ある文学賞を授与することの是非をめぐって、世界中で論争がおきた。もちろんディランの作品は、文学の領域の詩とはいえない。しかし彼自身が過去にそれぞれの時点での全詞集を出版しており、日本でも『ボブ・ディラン全詩302篇』（片桐ユズル・中山容訳）や『ボブ・ディラン全詩集 1962-2001』（中川五郎訳）、そして決定版のような大著である『ボブ・ディラン　ザ・リリックス 1961-1973/1974-2012』（佐藤良明訳）と、くりかえしその言葉は翻訳されてきた。メディアを駆使し独特の歌声を増幅させるパフォーマンスのみならず、歌詞それ自体にも深読みしたくなる魅力がつまっているのだ。

なぜこんな話から始めたかというと、四つの短篇が収録された本書のうち、いちばん長い表題作の「カム・ギャザー・ラウンド・ピープル」というタイトルは、ボブ・ディランの「時代は変る」(The Times They Are A-Changin')の歌い出しの一節であるからだ。さきの佐藤良明訳をひけば、〈どこ行く人も集まってこい〉となる。

ひとびとに招集を掛けるこの歌い出しの先の歌詞は、ざっと約《つづ》めればこうだ。ずいぶん水かさが増してきただろう、受け入れるんだ、人生無駄にしたくないなら泳ぎだせよ、時代が動き出したんだ——。つまり古い世代へ向けての決別である。あんたの道は年老いたんだ、新しい生き方に加われないなら放っておいてと、新しい世代、新しい時代の価値観の到来の予見とともにメッセージされるのだ。

だが本作は、そんなふうに声高には、時代の変化に乗り遅れるなとアジテーションしたりはしない。もっとささやかに、もっと繊細に進む。なにしろ冒頭は、〈私〉のヘルメットについての、なぜ持ち運べる形態に進化しないのかといったとりとめもない想念であり、やがて子供の頃にみたおばあちゃんの背中の美しさ、そして彼女が着ていたあっぱっぱと呼ばれる貫頭衣《かんとうい》の記憶へと移ろっていく。

読者は、あちこちに話題がとび、脈絡を見通すことのできない〈私〉のひとり語りに、じっと耳を傾けることになるだろう。〈私〉は、記憶の底に沈降するに任せていた過去のあれこれに不意うちされたように、なにかエピソードのきれはしを思い出しては、意識の表層へと顕現させ、またつぎのエピソードのきれはしをつかむ。

男前だったおじいちゃんの白黒写真の遺影と、猿真似《さるまね》をしたお経の響き。目が悪かったおばあちゃんの家によくわいていた小さな羽虫と、それほどに目が悪いのに、死ぬまでにいちどは見たいとロマンティックなイメージを持っていたらしい「雪虫」という羽虫の一種……。断片的な話がつづくうちに読者が気付かされるのは、〈私〉の脳裏を去来する記憶のなかにはこれまで受けてきた性的被害のいくつかが、ひそんでいるということだ。

小学校四年生のとき、自然災害をうけた町のあちこちに工事車両とそれに乗る労働者があらわれて、ある日の夕方〈おっさん〉にTシャツをめくられたこと。自分のお腹《なか》に顔を密着させられたその記憶には、ヘルメットがお腹にあたる冷たい感触がまとわりついている。

あるいは中学のとき、グラウンドの裏手にあった大学の学生寮に校則を破って足を踏み入れたら、ギターを弾いていた男に膝のうらあたりを触られ、ふくらはぎをつかまれたこと。そこで彼が弾いていたのが、おそろしくへたくそなディランの「時代は変る」であった。とっさに男の腕を蹴り、ぶじに逃げおおせはしたが、〈私〉はこう考える。

〈ひょっとしたらあのとき、工事現場で『お腹なめおやじ』にお腹をなめられたのに言い出せなかった、私と同じような子がほかにもいるんじゃないだろうか。（中略）私みたいに、なんの問題もありませんみたいな顔をして仕事をしているんだろうか。／まあじっさい、なんの問題もないいんだけれど〉。

これらの体験はちょっとしたアクシデントではあれ、実人生への影響などなにもないのだとことさら矮小化《わいしょう》して想起する〈私〉は、しかしあきらかにダメージを受けている。できごとの堆積と捉えられがちな記憶の様態が、じつは過去に流れた時間の層のことを意味するのではと考えさせられるのは、たとえばおばあちゃんの背中の美しさに固執する〈私〉が、こう語るからだ。

〈あのときのおばあちゃんの背中に吹きでものひとつもなくてすべすべだったのは、私や私のお母さんがこれからの人生で乗り越えなくちゃいけない女の人のめんどうくさいいろいろなイベントをひととおり済ませてホルモンのバランスとかいうものの問題をきちんとひとつずつ解決していった、おばあちゃん自身へのごほうびだったんじゃないだろうか〉。

自分にはまだまだ「女の人のめんどうくさいこと」はついてまわり、問題の解決にはほど遠い。すべすべにはならない〈私〉の心になにが巣食っているのかは、物語の後半に入って読者にも見えてくる。

大人になった〈私〉は、悪天候により交通麻痺にまきこまれた電車を降り、喫茶店のような変わった店をおとずれる。そこで出合ったのが、映像作家として東京の景色を記録しつづけているイズミだ。見せてもらった彼女の映像のなかで、デモの表舞台で脚光を浴びているのは、〈私〉の高校時代の男友だち、ニシダである。〈私〉はニシダのことを、〈絶望的に話がつまらなかった〉と述懐するが、この記憶のなかの相手に対する矮小化は、防衛的な身振りだったのではないか。大学生の男を、〈こんなにへたくそにギターが弾ける人は、ほかになかなかいない〉と評していたことからも、読者はそうおもいあたる。

ニシダとはかつて仲が良く、〈私のことをおもしろいという言葉で表現することなくおもしろがることがとても得意〉であることを気に入っていたはずなのに、いま、デモでドレスとハイヒールのいでたちで喋るのを実際に見に行くまでは、長らく没交渉である。そのいきさつがあきらかになるのが、代々木公園の野外ステージから、デモのためににぎったメガホン越しに「シバちゃん」と呼びかけられ、〈私〉が声から身をよじるように渋谷の街を逃げまわる一連のシークエンスだ。

工事中の建物の前を走り抜け、坂を下り、街頭サイネージや広告トラックを横目に、〈私〉はニシダから逃げつづける。黄色いレコードショップ、グラフィティ、そしてラフォーレ原宿の背の高いビル……。東京のこのあたりの地理に詳しくなければ、たとえばストリートビューのマップとともに読み進めてもいいのかもしれないが、〈私〉はニシダから、その亡霊的な過去から、渋谷の谷を一周するように逃げていくのである。その理由は、きれぎれのニシダの声によって明かされるという構造を持つ。

渋谷が「１０９」の人気をひとつの象徴として、女子高生を中心としたティーンエイジャーの集まる場所だったのは、一九九〇年代のことである。渋谷センター街の若者の素行の悪さが問題視され、大人のための街へと変貌させる再開発の波が沸き起こった、二〇〇〇年代。駅周辺の整備と、オフィス供給も見込んだ駅ビルの高層化、東急百貨店東横店や東急プラザ渋谷など老朽化した建物の閉館と建て替えが進み、宮下公園も商業施設や駐車場をそなえたもはや公園とは呼べないなにかへと再整備された。

〈私〉が走り抜けるのは、そうした再開発の真っただ中の渋谷なのだ。そこでは建物や街に染みついていた過去の記憶が漂白され、歴史が刷新される。忘れたいこと、忘れちゃいけないこと。消えゆくもの、消してはいけないもの。誰もが、大きな声で訴えたり、立て看板で主義主張をアピールしたり、人を率いて運動したりはできずとも、そこにある痛みの痕跡を誰かが記録しておくことの重要性を、この作品は描き出している。

傷を小さく見積もらず、声を残そうという小さなムーブメントの芽吹き。どこ行く人も集まって、新しい時代がやってくるのを見ようとメッセージする「カム・ギャザー・ラウンド・ピープル」が内側から穿《うが》つ穴に風が吹きぬける心地よさを、きっと読者は感じとれるはずだ。

本書にはほかにも、なにかが変わっていくきざしを捉えた短編が三つ、収録されている。

「ススキの丘を走れ（無重力で）」では、祖母の死に際して遺品であるスカートを着用して学校に通いだした男子生徒のヤスダのことを、〈私〉が述懐する。変化しつづける街とテクノロジーに比して、変わらないままでいる〈私〉と友だちの涼ちゃん。それでも彼女たちは変化をおそれなかったヤスダに、自分たちの変身の夢を託しているのだろう。

あるいは「透明な街のゲーム」では、人の姿が絶えてしまったSF的な物語世界を背景に、既存の管理社会・自己責任論のやぶれのような瞬間が捉えられ、「マンディリオンの犬」では、東京の街に残る犬の彫像から、徳川綱吉の犬の保護地域のことやペットショップ、日本軍のなぞめいた遺構へと話題がシームレスに移り変わっていき、街の歴史が浮かび上がる。

本書は、変わっていく時代のただなかで迷子になりそうになりながら息をする私たちに、座標を示してくれるような作品集なのだ。

（えなみ・あみこ　文芸評論家）

初出・初刊

「カム・ギャザー・ラウンド・ピープル」「すばる」二〇一九年五月号
二〇一九年七月集英社刊

「ススキの丘を走れ（無重力で）」「小説宝石」二〇二〇年十一月号
二〇二三年八月光文社刊『朝倉かすみリクエスト！　スカートのアンソロジー』（所収）

「透明な街のゲーム」二〇二一年四月早川書房刊『ポストコロナのSF』（所収）

「マンディリオンの犬」「小説すばる」二〇二三年一月号

本書は、二〇一九年七月に集英社から刊行された単行本『カム・ギャザー・ラウンド・ピープル』に「ススキの丘を走れ（無重力で）」「透明な街のゲーム」「マンディリオンの犬」の三編を加え、再編集しました。

集英社文庫　目録（日本文学）

集英社文庫　目録（日本文学）

竹田真砂子　あとより恋の責めくれば　御家人大田南畝
竹田真砂子　白　春
竹田津実　獣医師の森への訪問者たち
竹田津実　獣医師、アフリカの水をのむ
竹林七草　お迎えに上がりました。　国土交通省国土政策局幽冥推進課
竹林七草　お迎えに上がりました。　国土交通省国土政策局幽冥推進課2
竹林七草　お迎えに上がりました。　国土交通省国土政策局幽冥推進課3
竹林七草　お迎えに上がりました。　国土交通省国土政策局幽冥推進課4
竹林七草　お迎えに上がりました。　国土交通省国土政策局幽冥推進課5
竹林七草　ホラー作家八街七瀬の、伝奇小説事件簿
竹林七草　お迎えに上がりました。　国土交通省国土政策局幽冥推進課6
竹林七草　お迎えに上がりました。　国土交通省国土政策局幽冥推進課7
嶽本野ばら　エミリー
嶽本野ばら　十四歳の遠距離恋愛
太宰　治　人間失格
太宰　治　走れメロス

太宰　治　斜　陽
田崎健太　真説・長州力　1951-2018
田崎健太　真説・佐山サトル　タイガーマスクと呼ばれた男
田尻賢誉　木内語録　甲子園三度優勝の極意
多田富雄　柳澤桂子　露の身ながら　往復書簡　いのちへの対話
多田富雄　寡黙なる巨人
多田富雄　春楡の木陰で
多田容子　柳生平定記
多田容子　諸刃の燕
橘　玲　不愉快なことには理由がある
橘　玲　バカが多いのには理由がある
橘　玲　「リベラル」がうさんくさいのには理由がある
橘　玲　文庫改訂版　事実VS本能　目を背けたいファクトにも理由がある
田中慎弥　共喰い
田中慎弥　田中慎弥の掌劇場
田中啓文　ハナシがちがう！　笑酔亭梅寿謎解噺

田中啓文　ハナシにならん！　笑酔亭梅寿謎解噺2
田中啓文　ハナシがはずむ！　笑酔亭梅寿謎解噺3
田中啓文　ハナシがうごく！　笑酔亭梅寿謎解噺4
田中啓文　茶坊主漫遊記
田中啓文　鍋奉行犯科帳
田中啓文　鍋奉行犯科帳　道頓堀の大ダコ
田中啓文　ハナシはつきぬ！　笑酔亭梅寿謎解噺5
田中啓文　鍋奉行犯科帳　浪花《なにわ》の太《たい》公《こう》望《ぼう》
田中啓文　鍋奉行犯科帳　京へ上った鍋奉行
田中啓文　鍋奉行犯科帳　お奉行様の土俵入り
田中啓文　鍋奉行犯科帳　お奉行様のフカ退治
田中啓文　鍋奉行犯科帳　猫と忍者と太閤さん
田中啓文　鍋奉行犯科帳　風雲大坂城
田中啓文　浮世奉行と三悪人
田中啓文　俳諧でぼろ儲け　浮世奉行と三悪人
田中啓文　鴻池の猫合わせ　浮世奉行と三悪人

集英社文庫 目録（日本文学）

田中啓文　えびかに合戦　浮世奉行と三悪人
田中啓文　ジョン万次郎の失くしもの　浮世奉行と三悪人
田中啓文　大塩平八郎の逆襲　浮世奉行と三悪人
田中啓文　さもしい浪人が行く　元禄八犬伝 一
田中啓文　天下の豪商と天下のワル　元禄八犬伝 二
田中啓文　歯噛みする門左衛門　元禄八犬伝 三
田中啓文　天から落ちてきた相撲取り　元禄八犬伝 四
田中啓文　討ち入り奇想天外　元禄八犬伝 五
田中啓文　十手笛おみく捕物帳
田中優子　世渡り万《よろず》の智慧袋　江戸のビジネス書が教える仕事の基本
田辺聖子　花衣ぬぐやまつわる…(上)(下)
田辺聖子 工藤直子　古典の森へ　田辺聖子の誘う
田辺聖子　夢渦巻
田辺聖子　鏡をみてはいけません
田辺聖子　楽老抄　ゆめのしずく
田辺聖子　セピア色の映画館

田辺聖子　姥ざかり花の旅笠　小田宅子の「東路日記」
田辺聖子　夢の権こぎ　どんぶらこ
田辺聖子　愛を謳《うた》う
田辺聖子　あめんぼに夕立　楽老抄II
田辺聖子　愛してよろしいですか？
田辺聖子　九時まで待って
田辺聖子　風をください
田辺聖子　ベッドの思惑
田辺聖子　春のめざめは紫の巻　新・私本源氏
田辺聖子　恋のからたち垣の巻　異本源氏物語
田辺聖子　ふわふわ玉人生　楽老抄III
田辺聖子　恋にあっぷあっぷ
田辺聖子　返事はあした
田辺聖子　お気に入りの孤独
田辺聖子　お目にかかれて満足です(上)(下)
田辺聖子　そのときはそのとき　楽老抄IV

田辺聖子　われにやさしき人多かりき　わたしの文学人生
谷 瑞恵　思い出のとき修理します
谷 瑞恵　思い出のとき修理します2　明日を動かす歯車
谷 瑞恵　思い出のとき修理します3　空からの時報
谷 瑞恵　思い出のとき修理します4　永久時計を胸に
谷 瑞恵　木もれ日を縫う
谷川俊太郎　わらべうた
谷川俊太郎　これが私の優しさです　谷川俊太郎詩集
谷川俊太郎　ONCE　—ワンス—
谷川俊太郎　谷川俊太郎詩選集 1
谷川俊太郎　谷川俊太郎詩選集 2
谷川俊太郎　谷川俊太郎詩選集 3
谷川俊太郎　二十億光年の孤独
谷川俊太郎　62のソネット＋36
谷川俊太郎　谷川俊太郎詩選集 4
谷川俊太郎　私の胸は小さすぎる　恋愛詩ベスト96

S 集英社文庫

カム・ギャザー・ラウンド・ピープル

2023年８月30日　第１刷　　定価はカバーに表示してあります。

著　者　高山羽根子《たかやまはねこ》

発行者　樋口尚也

発行所　株式会社　集英社
東京都千代田区一ツ橋2-5-10　〒101-8050
電話　【編集部】03-3230-6095
【読者係】03-3230-6080
【販売部】03-3230-6393（書店専用）

印　刷　大日本印刷株式会社

製　本　大日本印刷株式会社

フォーマットデザイン　アリヤマデザインストア　　マークデザイン　居山浩二

ISBN978-4-08-744559-6 C0193